その悪役令嬢は攻略本を携えている

岩田加奈

illustration 桜花 舞

ICHIJINSHA IRIS NEO

CONTENTS

この作品はフィクションです。
実際の人物・団体・事件などには関係ありません。

その悪役令嬢は攻略本を携えている

プロローグ

零歳。この世に生まれおち、声をあげて泣いた。私を抱きしめて愛おしそうに笑ってくれた母のそばに父はいなかった。

三歳。あまり会ったことがなかった父が、母に怒られて来てくれた。泣きながら「今までごめん」と言われた理由はわからなかった。

五歳。自分に婚約者がいることを知った。王子だと言われた。私は公爵家の娘だとも。よくわからなくて「そっかあ」と答えた私の頭を父は大変嬉しそうに撫でてくれた。

八歳。母が病気になってしまった。ついこの前までとっても元気だったのに。兄も父も使用人もみんな心配している。私はこの日から毎日、綺麗な花を摘んでは母に届けるようになった。一人でいる時間が増えて、少しだけ寂しい。

十歳。兄が父について王都に行ってしまう日。服の裾を掴んで止めると、兄は私の頭を優しく撫でた。父が私と母と離れるのが悲しいと言って私より泣き始めたので兄は困ってしまった。

十四歳。美人だとよく褒められるようになって嬉しい。未だ病床の母は頻繁に私を抱きしめては「母も父も兄もあなたを愛している」と言うようになった。言われなくても伝わっているのに。

十五歳。大好きな母が亡くなった。私に衝撃的な事実を伝えて。

「落ち着いて聞いてねレベッカ。母さまは転生者なの。この世界は『乙女ゲーム』と呼ばれていたわ」

曰く、母の前世には、王立貴族学園を舞台に主人公が好きな『イケメン』と恋をする『乙女ゲーム』があったとか。曰く、この世界がそのゲームに酷似していて、主人公と思われる『稀有な治癒魔法の才を持つ平民の娘』も発見されているとか。曰く――私が『悪役令嬢』である、とか。

ここで母はまた私を抱きしめた。この一年間で当たり前になっている動作だった。

「母も父も兄も、レベッカ、あなたを愛しています。大丈夫よ。あなたが物語の中の彼女とは全く違う人間だということは、母さまが保証してあげますからね」

母は決して私に嘘をつかない。たとえ母の話がどんなに荒唐無稽であろうと、その目の強い輝きを見てしまえば、嘘と疑う心は湧かない。『乙女ゲーム』のことも、母が私を愛しているということも、すんなり信じることができた。

強く頷いてから母の胸に顔を埋めると、その声は涙ぐんで、学園で始まるゲームに身を投じる私を遺し死ぬことが悔しくてしょうがないと言った。

「あなたが生まれたとき、何が起こっているかに気づいたわ。シナリオを変えるため色んなことをしてきた。あなたに違う名前をつけようとしたり、王子との婚約を断ろうとしたり、少しでも長生きしようとしたり。大体はうまくいかなかった」

『シナリオの強制力』とでもいうのかしらね。母は苦笑いして言った。

私は背筋が凍りつく思いだった。だって、話が変わらないのなら、母が話してくれたそのゲームのラストは。

「でも確かに変わったことはあった。父と兄との関係とか、婚約者に対する想いとか、図らずもできたお友達とか。そして何より、レベッカ、あなたがこんなにも素敵な女の子に育ったことよ」

母は笑った。心から幸せだと思っているように見える笑顔だった。私の泣きぼくろを指の腹で撫でるのは、泣き出す寸前の私を宥めるときの母の癖だった。だから私は目元にぐっと力を入れて、それでもどうしても震えてしまう声で、一つだけ聞いた。

「母さまは……後悔していらっしゃらない？　私を、産んだこと」

ゲームのラストは主人公と攻略対象全員によるレベッカの悪行の断罪、王子との婚約破棄、そして何より――私の家であるスルタルク公爵家の没落。我が身だけじゃない。家族、使用人、代々のご先祖様にだって申し訳が立たない。私はそれが最も怖かった。

母は私の手を握りしめた。

「当たり前です。それに安心しなさい。ラストは必ず変わるわ。その助けにと思ってこれを書いたの」

母が渡してくれたのは一冊の手帳。表紙には丸の中に何やら文様が書いてある。

「母さま、これは？」

「『攻略本』よ。私が覚えていること全てを時系列で纏めたわ。どうしても主人公目線になってしまったけど……うまく立ち回るのに役立つと思うの。表紙に書いてあるのは『マル秘マーク』よ」

『日本語』っていうのよ、といたずらっぽく笑った母は、次の日帰らぬ人となった。昨日はあんなにたくさんお喋りしたのに。これも『シナリオ』で決まっていたことなのだろうと察しがついた。そう思うと胸の内に湧いたのは怒りだった。

私は負けない。母を殺したシナリオになんて絶対に従わない。私を愛してくれた、母のため。必ず幸せを掴もう。そう誓って涙を拭った。

「頭がおかしくなったんだと思われちゃうから、秘密にしてね」との母の言葉通り、私は次の日王都から駆けつけて私を抱きしめた父にこのことを伝えなかった。

その半年後、母にもらった本を携え、私は王立貴族学園に入学する。

1

四月、校舎を前に、水色の制服に身を包んだ私は思わず声をあげた。

「大きい……」

周りを見ると校舎の巨大さに感動している生徒はあまり、というかいなかったので、大人しく入学式が行われる講堂へ足を進める。見えてきた建物はやはり巨大で、真っ白の外壁やアーチが講堂というより教会を思わせた。

そもそも王立貴族学園とは、貴族の子供達が三年間寝食を共にし貴族の何たるかを学ぶ全寮制の学校である。生徒数は現在二千二百二十二人。十六歳になる年に入学し、政治学から魔法学、マナー等々多様な教養を身につけることを可能にするが、それは決して座学だけにとどまらない。この国の貴族は戦う。民を守るため、王を脅かす敵を排除するため、戦争となれば兵を纏(まと)め上げ自らも剣を振るう。よってこの学園では武器や魔法を使った戦闘力も重視され、実技にも力が入れられていた。

そんな、貴族なら男爵から公爵まで誰もが避けて通れない関門であるこの学園には、大きな二つの特色がある。

ひとつ、十六人の『称号持ち』の存在。

ふたつ、その称号の獲得に大きく関わる四つの『行事』の存在。

毎年一年が終わる頃、十六人の生徒に学校から称号が授けられる。全学年合同で、男女三人ずつに

『三強』。そしてさらに男女五人ずつに贈られるのが『五高』。この称号を持った者は学園内であらゆる特権を得られ、それは卒業した後も同様。王からの恩寵も、望んだ役職も。約二千人の一般生徒たちが喉から手が出るほど欲し憧れる代物である。

称号の贈呈は一年の終わり。つまり、第三学年の生徒であれば称号を賜った約二ヶ月後に卒業を迎える。称号持ちとして卒業することは特に名誉なこととされ、昨年度は二名の三強と六名の五高がその栄光を得た。したがって現在学園に在籍する称号持ちは八名である。

称号を得るには、その一年間様々な分野において非凡な才を周りに見せつけ教師陣を唸らせる必要がある。

その舞台こそ、普段の学校生活に加え、春夏秋冬計四回行われる『行事』なのだ。毎年細かな変更はあれど内容はほぼ変わっていない。三百年という伝統の長さはそのままファバードン王国建国からの年数でもある。貴族であれば世代を超えて誰にでも通ずる、良い話の種である。

そうして互いに切磋琢磨することで得た経験・知識は貴族としてみなを幸せにするために。「貴族たるもの、弱きを救け、弱きを守り、弱きを挫くを挫け」とは、御年百十六歳学園長のお言葉である。

そして今日は王立貴族学園の第三百一回入学式。同時に早速春の『行事』、通称『春』が行われる日でもある。三百年内容が変わっていないともなれば何を行うかは当然新入生全員既に知っている。新入生への挨拶とばかりに行われる初めての行事・『春』。緊張を隠せない生徒も多かった。

私はこの半年で攻略本を読み込んできた。他の新入生には申し訳ないがかなりのアドバンテージといえる。「えっそんなこと起こるの大丈夫なの」と思うことも多かったが、母のメモによるとバッドエンドはないので死人が出たりましてや国が滅んだりはしないそうだ。もちろん私にとってそれらはハッピーエンドとは言いがたいものばかりだが。

ところで、私はこの学園に知人が三人しかいない。

一人目は婚約者であるこの国の王子、ルウェイン・フアバードン殿下。今年第二学年に進級、去年第一学年にして三強の一人になり名を馳(は)せていらっしゃる。眉目秀麗と話題だが実はお会いしたことはない。婚約者なら顔合わせがあるのが普通のはずだが、父が許さなかったのだ。正確には、「王家から打診され渋々結んだ婚約なのに、なぜレベッカがはるばる王都まで出向かなければならないのか。そちらがうちの領までくるのが礼儀だ」ととんでもないことを言い出し、結果殿下はいらっしゃらなかった。

だから私は彼に対し特に何の感情も持っていない。しかし一つ問題がある。攻略本を見る限り、殿下はなぜか最初から私のことを嫌っていらっしゃるご様子だということだ。ゲームのレベッカは殿下をお慕いしていたのでそれがお嫌だったのだろうか。攻略本の人物紹介のページには、

攻略対象、三強、第二学年、第一王子で王位継承権あり、金髪碧眼(へきがん)、魔法に才能あり、レベッカの婚約者、幻獣は鷲(わし)、備考：無愛想、一番人気

とあった。なるべく客観性を追求したという攻略本はとてもわかりやすい。文字のみで顔がわからないところだけは玉に瑕(きず)だが仕方がない。ちなみに気になる私の紹介は、

悪役令嬢、第一学年、黒髪銀灰色の瞳、色っぽい美人、幻獣は白蛇、備考：殿下を慕ってどのルートでも主人公を妨害

と書かれており、「悪役令嬢」「備考：」には赤色で上から線が引かれ消されていた。書きはするが認めずに消す、母の心境やこれいかに。色っぽいという評価については純粋に恥ずかしかった。

話が脱線したが、私がこの学園で知っている人物の二人目は実の兄であるヴァンダレイ・スルタクだ。今年第三学年に進級し、こちらも去年三強に認められたそうだ。知らなかったので驚いた。王の右腕にと王都へ仕事の場を移した父について勉強するため、兄十二歳、私十歳のとき離ればなれになって以来一度も会っていないのだ。母が亡くなったときは帰ってきていたようだが、兄は次期公爵としての対応に忙しく、すれ違ってしまった。十歳の私には手紙を書くという発想もなく、まさに音信不通である。しかし元気ならよかった。攻略本には、

攻略対象、三強、第三学年、茶髪の一つ結びでこげ茶の瞳、乗馬と剣に才能あり、幻獣は馬、備考：頼れる先輩枠

とあった。そうなのだ、兄の髪と瞳は父譲りの茶色。対する私は黒、真っ黒のストレート。瞳だけは透き通った灰色だ。母譲りのそれらが自慢だったが、悪役令嬢という言葉を知った今は「悪役っぽ

いからかな」と手放しに喜べないでいる。……じゃなくて。

兄が『攻略対象』だと知ったときの驚きといったら！

しかしシナリオのラストシーンを知ったときの驚きはその比ではなかった。主人公が誰の『ルート』に入っても、兄は主人公と共に私を断罪するのだ。断罪はつまりスルタルク公爵家の没落だというのに。その場合本人は婚約者の侯爵家に婿入りするらしい。

これには頭を殴られたかのような衝撃を受けた。ゲームの兄は私だけでなく父や公爵家まで切り捨てたというのか。主人公の魅力にとち狂ったのか？　そう思わずにはいられないほど衝撃的だった。実際の兄がどんな人間になったのか、少し怖い。五年以上のブランクもあって正直あまり会いたいとは思えない。

三人目はメリンダ・キューイ子爵令嬢。彼女は私の唯一のお友達である。サバサバしたところが大好きだ。十二歳のとき、観劇でたまたま隣に座ったのが彼女だった。色男と大人気の俳優を「うーん……六十二点」と小声でぶった切ったのを聞いて、私が思わず笑ってしまったのだ。特等席なので貴族なのはわかっており、同い年だと知ったときは喜んだものだ。彼女はゲームには一切登場しないので安心できる相手でもある。

ここまででお察しの通り私は交友関係が狭い。

それは『スルタルク公爵家の令嬢は公爵から愛されていない』という一時期流れた噂に起因する。なんでも、父は赤子だった兄に大層泣かれた経験があり、生まれたばかりの私に近づこうとしなかった時期があったらしい。「女の子なのだからなおのこと大切にしてあげないと」と、会いに来るのを我慢しては遠くから眺めていたというのだから呆れたものである。

公爵である上に昔からかなりの美丈夫だった父。それを射止めた母にはもともと嫉妬の嵐だった。母自身は気丈で苦にもしなかったが、悪意ある噂は止められなかった。母がやっとのことで父を捕まえ、私の元へ連れて行くことに成功したのが私が三歳のときだそうだ。引きずられて現れた父を、小さな私は笑顔で迎え、父は泣いて喜んで行動を改めた。

しかし一度流れた噂はそうそう消えない。私は悪意ある人間や噂に触れないよう真綿で包むように育てられることになった。それが私の世界を狭めることになるとわかっていても、両親はどうしても、私が可愛かったのだ。

講堂にて一堂に会した新入生たちを前に、学園長の朗々とした声が響く。

「春の『行事』を始めよう。知っての通りこれは互いの自己紹介を兼ねている。今から君たち新入生と別室の第二・第三学年の生徒たちを学園の様々な場所に転送する。ある生徒は屋根に、ある生徒は湖に、ある生徒は調理室に飛ばされるだろう」

学園長はそこで一度言葉を切った。静寂が講堂を包み、彼は一人一人と目を合わせるようにゆったりと生徒たちを見回した。

「持っていける道具は各自一つまで。第二・第三学年は幻獣可。学園のどこかにゴールがある。どこがゴールかはヒントがある。生徒たちの中には偽物が混じっている。君たち新入生の誰かの姿をコピーして真似た教師陣だ。彼らは君たちを気に入れば手助けをするし、気に入らなければ妨害するだろう。偽物を見破れば褒美もある。期限は日没までの九時間。出会った人物が信用できるか見極め、ときに協力・ときに決別して、誰よりも早くゴールを目指せ」

あちこちから生唾を飲む音が聞こえた。

突如として足元に現れた魔法陣は光り輝いて、時空を歪め、切って繋げる。あっと驚く合間に見た学園長は皺だらけの顔に笑みを浮かべていた。

「ま、頑張りなさい」

そうだ、防御魔法をかけるから怪我はしない。安心するように。

学園長の付け足しの声を最後に、私は目まぐるしく変わっていく周囲の世界に耐えきれずぎゅっと目を瞑った。

目を開けるとそこは森だった。体感は一秒。スケールの大きさに驚きを禁じ得ない。

「……ふう。どこだろうここ……『薬草の森』かな？」

見たところ周りに人はいないようだ。どこに飛ばされるかわからなかったので、学園の地図は頭に入れてきた。大木が林立して薄暗く、同時に背の低い植物も多く見受けられる鬱蒼とした森が続くこの場所は東のエリアだと見当がつく。

実は攻略本に『春』で私がどうしていたかは載っていない。悪役令嬢レベッカが登場するのは

『春』が終わった後なのだ。だからどこに飛ばされるかもわからなかった。

でも、どこがゴールかは知っている。とりあえずそこを目指したいのだがその前に、自分の体にじっと目を凝らした。

「……あっ！」

自分の体に防御魔法以外の何かがかかっているのがうっすら見える。

まずい！　事態を把握するやいなや、私はなるべく音を立てず、それでいて素早く、斜面を下る向きに森を駆け始めた。

学園長が言っていた『ヒント』の一つ。新入生のうちランダムに選ばれた十数人にかけられたこの魔法のことだ。このヒントの内容を知る方法は三つ。魔法をかけられている人間を戦闘不能にする。または棄権させる。または完全に真っ暗なところに連れて行く、だ。ヒントの人間一人につき、この中のどれかを達成した一人だけがヒントを確認することができる。

中でもほとんど認知されていないのが三つ目の方法の存在だ。これだけは毎年内容が変わっており、今年はたまたま『暗闇』。物置でも洞窟でもマントでも何でもいい。暗いところなら文字が浮かび上がり、唯一平和的にヒントが得られる。魔法の見識が深い人間なら魔法陣を見て読み取れるものらしく、年によっては『水の中』とか、『特定のポーズをさせる』なんてパターンもあったらしい。

しかし認知度が低い三つ目。ヒントの人間は基本他の生徒に追われ、戦闘不能に陥る運命にある。加えて、私は魔法の才能がないので目を凝らしてやっとかかっているとわかるくらいだが、魔力が強ければありありと感じられるらしい。それどころか遠く離れたところからでも『向こうにヒントがいる』と感じ取れるとか。ああ、なんて不運！　こうなった以上一箇所にとどまるのは危険だ。常に移動したほうがいい。この場所に飛ばされたのは不幸中の幸いかもしれない。ひらけた場所ならあっという間に見つかっていたかもしれないから。

私は唯一の持ち物である短剣を握りしめた。道具は一人一つまで。私が選んだのはこれだ。ゲームのレベッカは魔力もフィジカルも強くないが、私は護身くらいならできると思っている。母が小さい頃から習わせてくれていたからだ。昔は貴族令嬢が魔法でも剣でもなくナイフ術を習うことが疑問だったけれど、今は合点がいく。母はこれが一番私の性に合っていると見抜いた。

斜面を駆け下りながら思う。攻略本で得た情報は本当に役に立つ。当たり前だ、ただのズルだ。だけど迷わず活用すると決めていた。没落を免れシナリオに抗(あらが)うためならズル上等。

そして今回、私にはもう一つ知っていることがある。この行事では『敵キャラ』・オウカが現れるのだ。

オウカは約二十年前に学園長が封印した貴族の青年だ。この学園の生徒だったらしい。面白半分で禁忌の魔法を開発しようとした、悪の権化のような男である。封印が弱まっており、精神体として一年を通し度々茶々を入れてくる。『春』では主人公の珍しい魔力に興味を持って接触を図るはずだ。特に害はないので放っておいても罪悪感はない。きっと今この学園にいるのだろう主人公が、「あれ、あの人なんだったんだろう」と不審に思うぐらいである。じゃあオウカは何のためにそんなことしたんだといえば、『面白そう』以外の行動原理を彼に求めるのは不毛だ。

ちなみに驚くなかれ、攻略対象だ。『隠しキャラ』らしい。主人公に恋して更生した彼を治癒魔法で復活させることが可能なのだ。好きにやってくれればいい。そのルートでも、主人公に嫌がらせをしていた私が没落するのはなんら変わらないことなのだから。当たり前だがこれら全て物語終盤の冬頃に発覚するはずの機密情報だ。攻略本最高！　ありがとう母さま！

そのときだった。集中力を欠いたのがまずかった。足がもつれ、体が宙にふわりと浮いた。独特の浮遊感の中、サッと血の気が引いていく。

私の馬鹿、ああ、転ぶ！

「きゃっ！」

「え？」

「わ、危ねえ！」

二つの体が私を受け止めた。男子生徒が二人、突然降ってきた私を危ないところで受け止め、ただただ目を丸くしていた。

「び、びっくりした、大丈夫でしたか？」

「え、ええ」

「なあランス、『美人が降ってくることがあります』って最初の説明にあったたか？」

助け起こしてもらいつつ、さりげなく二人を観察する。一人は亜麻色の髪の、線の細い青年。にこにこ爽やか好青年、といった感じだ。もう一人は鳶(とび)色というのか、くすんだ赤茶色の髪の、これまた線の細い青年だ。こちらはどちらかというとヘラヘラしている。二人とも美形で困った。美形は攻略対象の可能性があるのだ。

とりあえず過度に警戒されたくはない。私は短剣をさりげなくスカートの中に忍ばせてから、美しい淑女のお辞儀をした。

「助けていただいて感謝します。ベスと申します」

「あ、ご丁寧にどうも。ラリーです」

「俺はハルでいいぞ。よろしく美人さん」

鳶色のほうがハル。亜麻色のほうはラリーというが、さっきハルが『ランス』と呼んだのを聞いてしまっている。やはり本名は言わないのが得策なんだろう、有名なら名前だけで得意な魔法や従えている幻獣がわかることもあるだろうし。

ちなみに学園長の挨拶にもあった『幻獣』とは、新入生が夏の行事で得られるパートナーだ。一人一体自分で卵から孵すと聞いている。第二・第三学年は自分の幻獣を連れ『春』に参加できるのだ。

相手は見たところ幻獣を連れていないが、新入生と決めつけるのは良くない。ヒントの人間である私と偶然を装って接触した可能性もあるのだから。

するとランスが私の体を指差した。

「ところで君、なんだか光ってませんか？」

「あっそれ俺も思ってた！」

違った。私に会ったのは偶然らしい。どうするべきだろうか。謎の魔法がヒントであるのは察しがつくだろうし、男性二人を相手取りたくはない。ランスもハルも、道具は何を……ん？　ランス？

ランス!?

突然思い出した。それは攻略本の一節。亜麻色の髪のランスって、『ランスロット』じゃないか！

彼は確か――

ランスロット・チャリティ。攻略対象、第一学年、薄い茶色の髪に同色の瞳、弓と魔法に才能あり、父は宰相、備考：爽やかだが主人公に会う前は放蕩（ほうとう）の気あり

だ。十五歳で放蕩とはと私に衝撃を与えた彼だ。驚いたがこれはしめた。攻略対象はみんな性格がいい。私が悪役令嬢であるとはいえ、ヒントのためであっても何もしていない女の子を攻撃したりはしないだろう。加えて腕が立つなら一緒にゴールを目指すこともできるじゃないか。ハルについては情報がないが友人のようだし、何かあってもランスロットと二対一なら対応できると思う。

私は口を開き、

「実はこれがヒントのようで……」

確認したら、男子寮一階の東の外装の飾りを三回叩（たた）け、ということでした。

そう言いかけて口をつぐんだ。

「確認の仕方はよくわからないのですが」

そして笑顔を繕い、できる限り自然に繋げた。

何をやっているんだ私は。この男が本物のランスロット・チャリティである証拠がどこにある！

「というわけで、申し訳ないですが移動しながらお話ししませんか？」

先生方のコピーによる偽物だったとしても、はたまた本物だったとしても、ここで別れるのは悪手だろう。後ろから狙われたりつけられたりしてはたまらない。コピーの魔法にも限度はあるはず。個人情報は知らない可能性が高いし、話していればボロが出るよう誘導できるかもしれない。

「そうか……そうだね、行きましょうか」

「ああ、構わねえよ」

偽物でないと確信でき次第協力体制に入ろう。そう考えを固める寸前、私はふと疑問を口に出した。

「あの、ちなみにラリー様……なぜさっきから目を合わせて話されないんですか？」

ランスロットに向かって聞くと、彼は相変わらずにこやかなまま答えた。

「合わせてるじゃないですか、ちゃんと」

「いや私じゃなくて……」

その隣の彼なんですけど。そう言おうとすると、ハルが楽しそうに笑った。

「よくぞ聞いてくれた！　実は一ヶ月前こいつの彼女の一人を奪って以来、話してくれねえ目も合わせてくれねえ！　わざとじゃなかったんだけどな！　今日もせっかくすぐ近くに転送されて会えたってのに完全無視！」

「そ、そうですか……」

そんな理由が……。しかも彼女『の一人』と。ランスロットは攻略本の情報と違(たが)わず、順調に放蕩息子としての道を歩んできたらしい。

弱々しく答えると、ランスロットがさらににこやかな顔になって口を開いた。

「ベス嬢、一人で誰とお話ししてるんですか？」

だんだん怖くなってきました、この笑顔。私は気まずくなって目をそらした。


小雨が降り始めた。転送されてからそろそろ三十分くらいだろうか。雨が強くなりそうならランスロットとお話しするより雨宿りする場所を探さないと、などと考えていたときだ。ハルが目を細め、どこかを見ながら呟いた。

「おいベス嬢、誰か来るぞ」

「えっ、隠れましょう」

咄嗟にランスロットの手を引き、大きな木の裏に身を潜める。薬草の森だけあって近くに有毒のシダ植物があったので靴で押しのけた。

「ベス嬢、どうかしたんですか？」

「しっ。お静かにラリー様」

ハルは近くに隠れ、依然としてどこか一点を見つめている。それに合わせて目をやった。ランスロットも上着から折りたたみ式の弓を取り出しつつそちらを見た。雨を手で避けるようにしながら現れたその人物に、私は目を見開いた。


ランスロットが、いた。

一番ショックなのは私ではなく、やはり本人だろう。自分と同じ見た目の人間が現れたことに大きな衝撃を受けたランスロットは——いや少なくともそう見えるよう振る舞っている彼は——何を思ったか弾かれたように飛び出した。

「自分の偽物とは思ったより気分が悪いものですね」

そう言った彼の全身は雨に濡れていた。つがえた矢がギリギリと引き絞られる音が、全てが濡れた森でよく聞こえた。それを見た二人目のランスロットはひどく驚いたような顔をして——いやもしかしたら本気で驚いて——同じように矢をつがえた。

「見た目に反して喧嘩っ早いんだよなあ、あいつ」

私の隣でハルが髪をかき上げた。それを横目で見てからランスロットに視線を戻した。ため息をつく。

——何をやっているんだか。

二人のランスロットが一際強く力を込め、ついに二本の矢が空を切り裂いて飛び出した瞬間。私もまた短剣を抜いて飛び出した。すぐ近くでこちらに背を向けているランスロット——つまりさっきまで一緒にいたランスロット——の首根っこを掴み、下に向かって思い切り引く。後ろ向きにバランスが崩れて、矢が方向を変えて飛んでいった。そしてもう一人のランスロット——つまり今現れたほうのランスロット——が射た矢を短剣で叩き折る。

「どちらが本物か知りませんが……落ち着いてください。防御魔法がかかっているとはいえ万一のことがありますから。今から二人とも拘束して一緒にゴールに向かってもらいます。それで問題ないですよね」

すると、私の一連の行動にぽかんとしていた二人のランスロットが、二人同時に不服そうな顔をした。片方は教師のはずなのだが。こういうふうに言う生徒は毎年いるのだろう。両者これといった動揺は見られず、この揺さぶりは失敗だ。

「すみませんが我慢してくださいね、ランスロット様」

ならこれはどうだろう。ごく自然に、淡く微笑(ほほえ)んで口を開く。

片方は、「ああ、わかったよ」と言った。片方は、「なんで、僕の名前を」と言った。

緊張が走る。ふ、と空気が緩んで、しまったというように表情を崩し苦笑いしたのは、先ほど現れたランスロットだった。

「偽物、見つけた！」

思わず満面の笑みになった私を偽物のランスロットが手招きする。近づくと木製の小箱を渡された。

「おめでとうお嬢さん。これは偽物を見破った褒美だ、どうぞ」

なんの変哲もない小箱。しかしこの中にはある強力な魔法が一回分だけ閉じ込められている。この国では一般的な『使い切り式魔法具』だ。

小箱を大事にスカートにしまって、笑顔のまま教師にお礼を言おうとした。頭にぽんと誰かの手がのせられたのはそのときだった。

「おーナイス、ベス嬢」

ハルだった。ビクリと体が震えた。突如体が強張（こわば）って、急に気温が何度も下がったかのような寒気に襲われたからだった。頭に手をのせられたまま、体が指一本動かなかった。

雨が強くなり始めた。木々が雫（しずく）を浴びる音が急に大きく聞こえ、頭上で大きな鳥が旋回しているのを見た。自分が濡れた森に飲み込まれるような恐怖さえ感じたが、悪寒はそのせいじゃなかった。

ゆっくり首を動かす。ハルを見る。

隣に立つ『それ』が突然ひどく異質に見えるのは、なんでだ？

私の頭にのった手も、鳶色の髪も、綺麗（きれい）なその顔も――どこも雨に、濡れていない。

「――ッ!?」

本能的に手を払いのけ距離を取る。『ハル』はへらへらと両手を上げた。先ほどまでと何も変わらない態度が逆にひどく不気味だった。

「どうしました？　何かいたんですか？」

声の主を見る。驚いた。本物のランスロットだけじゃない、教師であるはずの偽物のほうも不思議そうな顔をしていたのだ。ランスロットのこれまでの態度をはたと思い出す。

まるで――『ハル』のことが見えていない、みたいな。その瞬間やっと気づいた。

見えていなかったんだ！　最初から、私にしか！

こいつは誰だ。もしかして、こいつは。

「一番『面白そう』なやつに会いに来たんだ。治癒魔法使いと迷ったけど、お前にしてよかったと今は思ってるぜ」

なぜだろう。『ハル』の声が耳に入ってくればくるほど薬を流し込まれているみたいにグラグラしてくる。どうしてこんなに背筋が粟立つ？　自分が保てなくなってきた。『ハル』がゆっくり近づいてくるのに対応できない。雨で顔に張りついた自分の髪が気持ち悪い。雨は激しさを増して、肌を打つ雫が痛いくらいなのに、それよりも頭上の鳥の声が、妙に気になる。

「気分悪いか？　そりゃ魔力が弱い人間が大きすぎる魔力に当てられたとき出る拒否反応だ。……大小というより、純粋に相性が悪そうだけどな」

『ハル』が何を言っているのか、だんだんわからなくなってきた。きもちわるい。めがかすむ。あめが、つよくて。とりが。あれ、とりって、あれは……なんてやつだっけ？　えっと、そう、たしか。

——鷲？

「レベッカ！　こっちだ！」

伸ばされた『ハル』の腕が私を掴み損ねるのと、どこかから聞こえた大きな声が私の意識を呼び起こしたのは、ほとんど同時だった。

暗い空と鬱蒼とした草木でわかりにくいが、すぐ左手は三、四メートルはありそうな崖だった。その下に青年が——見惚れるような青年が、立っていた。

『レベッカ』。雨にその髪を濡らし、両腕を私に向かって大きく広げながら、彼の唇はもう一度その形に動いた。

「あーあ残念、もうちょっとだったのに」

ちっとも残念じゃなさそうな『ハル』の声が聞こえた気がした。しかしさっきまでの恐怖は嘘みたいになくなっていた。

青年に、なぜ私の名前を、とは思わない。深い深い群青の瞳。ただ真っ直ぐに私を見つめるそれを信じないという選択肢を思いつきもしなかったのだから、私は安心してその腕に飛び込むことができたのだ。

青年は飛び込んできた私を危なげなく抱きとめると、私を抱えたまま素早く走り始めた。

「待って……ラリー様と、せんせ、が」

うまく声が出ない。顔を伝う雨が口に入った。思えば両手足にもちゃんと力が入らない。

「大丈夫だ。あれが何なのかは知らないが、お前に魔法をかけるためかなり消耗していた。間もなくあの形をとどめられなくなって消えるだろう。それよりお前をあれから引き離すことのほうが重要だ」

魔法をかけられていたのか。頭に触れられたときからだろうか、道理で。右手をぐ、ぱーと動かしてみる。うまくできない。体も先ほどからぞくぞくしたままで震えが止まらない。明らかに体が異常を訴えているのに、私はその実ひどく安心していた。抑揚のない低い声がちゃんと全部を説明してくれるからか。それかこの人の体が温かいからかな。

「あったかい……」

青年は私にちらりと目をやった。

「……体温が下がっているな」

少しして彼は止まった。そこは大きな木のうろだった。私を抱えた彼が入るのにぴったりの大きさだ。彼が私を抱えたまま中に入る。やっと雨から逃れられて嬉しかった。

「ここは学園でも有名だ。『薬草の森の巨大樹のうろ』」

ごおと音がして体が温風に包まれた。みるみる体と服が乾いていく。炎魔法と風魔法の合わせなのだろう、器用なことだ。それでも寒気は消えない。

「『魔力当て』を強制的に起こさせられているように見える。俺の魔力で中和する。悪いがもう少しこの体勢で我慢してくれ」

そう言うと彼は私を抱え直した。膝の間に私を座らせ、手はゆるく背中をさすってくれる。すると彼に触れている場所から優しく何かが染み込んできた。それは私の体を包み、じわじわ温めて、冷たい何かを取り払っていく。しかも彼はなんだか落ち着くことができる良い匂いがして、そうなるともう体から力が抜けてしまう。我慢なんてとんでもない。あったかいしきもちいいしさいこう。

彼は私の様子を見て「魔力の相性が良かったか」と呟いた。私は余裕が出てきて、試しに顔を上げてその顔を正面から覗き込んだ。随分と至近距離だが、相手も目をそらさない。

先ほど、薄暗い上に濡れていてよくわからなかった髪は今、輝かんばかりの金だとわかる。恐ろしく整った顔立ち。あまり感情がのらないせいで、ともすれば『無愛想』とも言われるだろう。それでもやはり目にとまるのは群青の瞳。きっと深海よりも深い青だ。そこには確かに私への心配が見て取れる。そのせいなのか、表情の乏しい彼のことを『冷たい』などとは間違っても思わない。仏頂面だとは思うけど。

この美貌に、鷲とくればまず間違いない。

「ルウェイン、殿下？」

「その通りだ、婚約者。初めまして」

私を見つめる目元が、少しだけ柔らかくなるのを見た。

「殿下は……よく、私がわかりましたね」

「お前のことは前からよく見てい……あ。なんでもない」

「どういうことですか」

どういうことだ。『初めまして』ではなかったのか。

殿下は口が滑ったみたいな顔をした。実際口が滑ったのだろう。

「そういう魔法がある……それはいい。それより、今まで会いに行かなくて悪かった」

いやよくないと言いかけてやめた。殿下の目が真剣だったからだ。

「王太子の仕事を二週間分先に終わらせられれば会いに行かせてやると父に言われていた。だが式典やらパーティやら、そもそも二週間予定が空くことがなかった」

驚いて息を呑んだ。殿下には私と婚約を続けようという意思がある？　これはシナリオと違う。

この人は、シナリオと違う。

「『春』開始から魔法と幻獣を使ってずっとお前を探していた。かなり遠かったが見つけられてよかった」

殿下はそう言って、冷たく見える美貌にまたもや何か柔らかい感情をのせた。私の心臓がよくわからない音を立てる。

「ありがとう、ございます。助けてくださって。見つけてくださって」

そう伝えたら、殿下が少し嬉しそうな顔をしたように思えるのは、私の気のせいなのか。それより、と思考を振り払う。今は『春』だ。

「殿下、私はヒントの人間です。あと先ほど偽者を見破ってこれを頂きました」

スカートのポケットから小箱を取り出す。この中に閉じ込めてある魔法が何なのかは、攻略本で知っていた。

「ああ、『転送』か。その様子だとヒントの内容も知っているな」

こくりと頷いた。殿下もご存知なんですねと口にすると、お前を探す途中で襲ってきた人間を二十人ほどのした、その中にヒントがいた、と返ってきた。三強ともなるとライバル潰しが激しいらしい。

「そろそろ回復したか。それを使ってもう行け。俺は自分で行く」

殿下は今から私と別行動を取るつもりらしい。「助けてくれたのだから一緒に」と言いかけたところで、ふと疑問が浮かんだ。

「殿下はなぜ私を探されていたのですか？」

そのとき――殿下の手が私の髪に触れた。触り心地を確かめるように撫(な)でられ、毛先を指に巻きつけて弄ばれる。

「――会いたかった。少しでも早く」

殿下はなんだか満足そうに笑った。ぴしりと硬直した私を残し、立ち上がって外へ出て行く。私はぎぎぎ、と音をさせ、彼を目で追って顔を上げた。

雨は止み始め木々の間から久しく見なかった日の光が漏れている。私を背に庇(かば)うように立った殿下が全身に魔力を行き渡らせたとき、複数の人間に取り囲まれていることにやっと気がついた。素早く体を起こし体勢を整える。私がヒントの人間であるせいか、殿下が三強であるせいか。

殿下がこちらを振り返る。

「行け。まだ開始から一時間も経(た)っていない。今ならかなりの高順位が狙える」

私は口を開きかけ、すぐに閉じた。否とは言えない。私は彼の足手まといにしかならないからだ。もし一緒に行こうと言っても、彼は頷いてくれないに違いない。

「また、会えますか」

すみませんでもありがとうございますでもなく、そんな言葉が口をついて出た。でも間違いではなかったのだろう。振り返った殿下は今までで一番優しい顔をしていたから。

「当たり前だ、レベッカ」

彼の言葉にしっかり頷いてから箱を開いた。

偽者を見破ったことで教師から得られる魔法、それは『転送』。半径二キロ以内の任意の場所に飛ぶことができる強力な魔法だ。難易度の高さゆえに生徒たちは使えないので、大きなアドバンテージになる。半径二キロ以内に男子寮があることを祈りつつ、『男子寮の東の外装の飾りに最も近い場所』と念じた。目まぐるしく世界が変わる感覚がしても今度は最後まで目を瞑らなかった。

私を庇って立つ殿下の背中を、少しでも長く目に焼きつけていたいと思ったのだ。

次に目を開けると、目の前に煉瓦造りの壁と洒落た黒いランプがあった。男子寮は二キロ以内だったらしい。これを三回叩けばゴール、『春』終了だ。

ホッとしたのも束の間。左手から諍うような声がした。目をやって、男子生徒が三人、一人の女子生徒を囲んで何やら声を荒らげていると気づいたときはギョッとした。

「さっきはよくも、間違った道を教えた上に置いていってくれたな！」

「だから知りません！　偽物に騙されたのでしょう！」

短いやり取りだけで状況は理解できた。どうしようかと考える。女子生徒はとても華奢だ。肩までの銀の髪、可憐な顔立ち。十人いれば十人が可愛いと言うだろう。

でもそれだけではないことに、あの男子生徒たちは気づいているのだろうか。男三人に迫られているのに押されていない。むしろいつでも反撃に転じられそうですらある。立ち回りを知っているからだ。姿勢や引き締まった手足から見ても、おそらく彼女は武の心得がある。

目の前のランプに視線を戻した。ゴールは目の前だ。

……はあ。私はそっとランプから距離を取った。

「もし、そちらのお方。今は行事の最中です。おやめになってください」

突然介入した第三者である私に四人の視線が一斉に集まる。

「……見ない顔だな。俺はパサイ伯爵家の長男だ。それでも口を挟むか？」

男子生徒は多少冷静さを取り戻したらしいが呆れたものだ。こちらに値踏みするような視線を向けてきている。女子生徒はといえば、彼らに気づかれない程度に後ずさりした上で成り行きを見守る構えだ。賢明である。

「ええ。パサイ家のルードルフ様におかれましては、ご健勝のこと何よりです……お元気すぎるのは、いただけませんが」

相手は目を瞠った。表情をコントロールできていない未熟な男に、終始薄く微笑んで対峙する。

そもそも貴族令嬢とは。一挙一動は柳のごとくたおやかに、指先まで美しく。優美な微笑みの裏で毒を以って毒を制す。そのような戦い方を幼い頃から叩き込まれてきた、言うなれば腹芸の達人である。私とて交友関係こそ狭かったが、貴族の素養は抜かりなく身につけている。当然、主な貴族の名前や役職、特徴も。貴族同士の戦いは、隙を見せたほうが負け。

ルードルフは私から少しも目を離さないまま言った。

「……申し訳ないが、お名前を、お聞きしても？」

私を見たことがないのは当たり前。その上で、下手に出たのは加点。私の態度や外見の特徴から答えを導き出せなかったのは減点。そんな彼に、頭の先から爪先まで美しい淑女の礼を一つ。

「レベッカ・スルタルクと申します。以後お見知り置きを」

ルードルフは今度こそ震え、よろめくばかりの狼狽ぶりだった。

「スルタルク公爵家の宝石令嬢……！」

完全勝利を確信した私だが、自分にそんな恥ずかしい二つ名がついているとは思いもしなかった。

何やら取り繕って去っていった男子学生たちを眺め、ふうと息をつく。この学園は身分の壁を取り払うことを原則としているが、それでもスルタルク家は王家も繋ぎ止めようと必死になる国内随一の公爵家。ルードルフは勉強不足という他ない。

私はそこで、こちらへ近づいてきていた件の女子生徒に手のひらを向けて制止した。

「近づかないでいただけますか」

私にお礼を言うつもりだったのだろう。ショックを受けているように見える。

「わ、私、あの人たちを騙したりしてません。偽物でもありません」

「先ほどの話の真偽やあなたが偽物かどうかは重要ではないです。こうして目の前にゴールがある以上は。……ではまた後で」

無理やり会話を終わらせた。実はさっきからずっと、他の生徒が来やしないかとヒヤヒヤしているのだ。女子生徒が何か言う前にランプを三回叩いた。

コン、コン、コン。その瞬間私は大きな広間にいた。本校舎の中だろう。いい加減転送にも慣れてきた。そこには既に六、七人の生徒がいて、新たな達成者である私を一様に見つめている。いつにも増して背筋を伸ばした。この人数を少ないと思うべきか、多いと思うべきか。当たり前だが殿下はいない。

間を空けず先程の女子生徒が隣に現れた。偽物ではないというのは本当だったようだ。

「……なぜ私を助けてくださったのか、お聞きしても？」

先ほどとは違い、慎重に尋ねる瞳はあくまで理知的。初めて見たときも思ったのだ。侮らないほうが良い、と。

「そうですね……あのとき、パサイ様たちはランプを一瞥もしませんでしたが、あなただけはじりじりとランプに向かおうとしているのがわかりました。あなたはゴールをご存知だった。それだけの実力があり、加えてパサイ様たちにゴールを知られないようにするため、彼らを振り切ってゴールすることもできず困っていらっしゃるのだと察しがつきました。……ここまであなたが本物という体でお話ししていますが、私にとってあなたが本物か偽物かは重要ではありませんでした。目の前にゴールがある以上、あなたが本物であった場合に私の順位を抜かそうと攻撃してきさえしなければ、どちらでもいいからです」

「だから『近づくな』、ですか……」

「ええ、ただ」

私はそこで壁際にあった椅子に腰掛け静かに靴を片方脱いだ。なんてことはない、ただの靴擦れである。あれだけ森を走ればしょうがない。傷にそっと手を触れ、状態を見つつ続けた。

「本物であろうと偽物であろうと。女性が複数の男に囲まれ困っているのを放置するのは、純粋に気分が悪かったのです」

女子生徒が息を呑むのが聞こえた。そして何を思ったのか、突然その手が私の傷口に触れた。

「つまりあなたは、何の損得勘定もなく私を助けてくださったのですね」

何をするのだという抗議は出る前に消えた。私は目の前の光景に限界まで目を見開いた。

聖を体現したかのように神々しく美しい光。彼女の指先から惜しみなく溢（あふ）れ出て、私の傷を温める。

その指が私の皮膚をゆっくりとなぞったとき、あったはずの傷は跡形もなく消し去られていた。ほんの数秒のことだった。

「感謝します、レベッカ様。私はエミリア。平民ですので、ただのエミリアです」

女子生徒は私に微笑んだ。主人公（エミリア）が悪役令嬢（レベッカ）に微笑んでいた。

2

入学から二週間。やっと学園での生活にも慣れてきた頃だ。自分の身の回りのことをするのが日常的でなかった生徒たちは今も苦労しているだろうが、私は比較的早く馴染んだ。

入学式の次の日、無事友人のメリンダと再会した私は、自分が有名になっていることを知った。

「第一学年なのに七位でしょ。それは有名になるわ。まあ元々『スルタルク公爵家の宝石令嬢がついに姿を現す』って有名だったけどね」

スルタルク公爵家の宝石令嬢とは。公爵家が大事にしまい込んで外に出さない宝石のごときご令嬢。人の目を引きつけて離さない妖しい美しさ――らしい。

「どこの誰なのそんな嘘言ったのは！」

「公爵様よ」

父さま！

「でも本当じゃない。あなた美人よ。泣きぼくろとか黒髪とか色っぽいし。特に胸囲が羨ま――」

淑女らしからぬ発言をしそうになった友人の口は素早く手で塞いだ。

『春』のトップ十人は中庭に設置された掲示板に貼り出されている。

十位　第三学年　レイ・ロウ

九位　第二学年　ルウェイン・ファバードン
八位　第一学年　エミリア
七位　第一学年　レベッカ・スルタルク
六位　第二学年　キャラン・ゴウデス
五位　第三学年　セクティアラ・ゾフ
四位　第二学年　オズワルド・セデン
三位　第二学年　フリード・ネヘル
二位　第三学年　ヴァンダレイ・スルタルク
一位　第三学年　オリヴィエ・マーク

トップの十人は私とエミリア以外全員が現三強・五高だ。ちなみにゲームの登場人物の名前しかない。全学年合計二千二百二十二人のうち達成者は千七十八人。残り千百四十四人のうち戦闘不能・棄権者は四百八十人。達成者の平均タイムは四時間十二分で、一位のオリヴィエ・マークが四十一分、十位レイ・ロウが一時間十八分とのことだ。

八位のエミリアも私に負けず劣らず有名だという。彼女の場合は平民でしかも滅多に現れない治癒魔法持ちということがあり、若干好奇の視線に晒（さら）されているのだ。

先日「この前のお礼に」とお菓子を作ってきてくれたエミリアに、『春』でどんなことがあったか尋ねてみた。転送されすぐに出会った、足をひねってしまった女子生徒を治してあげたところ、その生徒がヒントの人間でゴールの場所がわかったところまではシナリオ通り。しかしエミリアは女子生徒とはぐれたあと『ハル』と出会わなかった。フィジカルの強さを活かして一人ゴールにたどり着き、男子生徒に絡まれて以降は私も知っている。これを聞いて『ハル』がオウカだと確信を持てた。

　そんなエミリアだが、『春』の一件から私によく懐いて……じゃない、私を慕ってくれているようだ。最近友人のメリンダが、毎日教室で私の隣を陣取っては、

「そういえば、あの子またあなたを探してたわ。今日はシフォンケーキですって。もちろんすっごく美味しそうだったわよ」

　こんな報告をしてくる。そして私をじっと見つめる。

「……わかった。後で会ったらもらえるでしょうから、あなたにもあげるわ」

「やった」

「……」

　こうしてもらったお菓子を半分以上奪われるまでがお決まりとなった。

　エミリアは賢いし節度をわきまえることを知っている。何よりお菓子が美味しい。だからこの状況に別段不満はないのだけど、不安ではある。一体誰のルートに入るつもりなんだろう、と。

　入学からの二週間は本当なら攻略対象たちとの出会いイベントが目白押しのはずだった。動向を探るよりも直接話を聞くほうが楽なので色々聞いていたのだが、エミリアは攻略対象の誰とも接触していないようなのだ。というか『お菓子』だって本当は攻略対象に作ってあげるものなのに。

　まあ私のせいでもある。出会いイベントのきっかけの中には『レベッカに水をかけられたあと裏庭

に向かう』なんていうのもあるが、そんなことはしたくないので。

それにしても、レベッカはどうして出会ってすぐの同級生にそんなことをするのか。前から不思議だった。『ルウェイン殿下を慕っているため主人公を妨害』というが、どのルートでも主人公を目の敵にしているではないか。攻略本にもレベッカの動機の記述は特になく、迷宮入りの予感だが気にはなる。

そしてそう、ルウェイン殿下といえば。殿下はエミリアのすぐ後にゴールした。別れたときはかなりピンチだったと思うのだけど、やはり実力は相当なものということだろう。生徒の間では「ルウェイン殿下がトップ5に入らなかったなんて」と噂になった。いわずもがな、私を探し回った上に二回も助けたせいだ。シナリオでは『春』は二位だったと知っている分、余計に申し訳ない。

今回の順位は、殿下を二位にして三位以降の全員の順位を一つずつ繰り下げ、私を抜き、さらにランスロットを十位に入れるとシナリオ通りとなる。私は殿下の順位のせいで、シナリオが変わったことを素直に喜べないのだ。

しかし順位がどうであれ、私の七位という結果が殿下に助けてもらったおかげであることも、殿下の九位という結果が私を助けたせいであることも、実は学園には筒抜けである。行事では一人一人の全ての行動が記録されるためだ。学園側はそれをもとに後日正当な評価を下す。ちなみに、抱きしめられ温められたのも記録されただろうことは気にしないことにした。後から考えるとかなり恥ずかしい。いやすごく、ものすごく恥ずかしい。

そんな殿下にはあれ以来会っていない。学業の傍ら政務にも関わっているようで多忙を極めているし、私もやっと学園生活に慣れてきたのだ。……でも。

「また会えるって言ったのに……」

「それは僕のことですか？　ベス嬢」

億劫（おっくう）だったが顔を上げた。少なくともこの人じゃないなと思いながら。私の正面に立って「また会えた」と言わんばかりの笑顔を浮かべているのは『爽やか放蕩（ほうとう）』のランスロットだったので、私はまた顔を下げた。

「えっ⁉　聞こえてますか？」

「はあ。なんでしょう」

放蕩にはこんな態度で十分である。私の隣のメリンダが不審者を見る目をしていたので最低限の紹介だけした。メリンダは「あら宰相の伯爵様」と反応こそしたがどうでも良さそうだ。

「えっと、スルタルク家のレベッカ嬢。その節はどうもありがとうございました」

またもや「はあ」と気が抜けたような返事をしようとしたのだが、可憐（かれん）な銀髪が乱入したのでそうはいかなかった。

「レベッカ様ぁ！　ここにいらっしゃいましたか。今日もお菓子とお弁当を作ってきたんです、良ければお昼を一緒に……」

いやだから、お菓子もお弁当も攻略対象とのイベントなのに。そう言いたくなるが、エミリアは授業の合間に私を探していたようで少し汗をかいていた。好意しかぶつけてこない彼女が嫌いということはない。別に彼女に誰かと恋をしてもらいたいわけでもないんだし。恋をしたら誰なのか教えてもらわないといけないというだけで。「わかりました。それよりもう授業が始まりますよ」とだけ言おうとした。しかし衝撃の事実に気づいた。

出会っている！　主人公（エミリア）と攻略対象（ランスロット）が！

初めての出会いイベントに私は興奮を隠せない。メリンダは今度は変なものを見る目で私を見ている。

不思議そうに私の返事を待っているエミリアと、そんなエミリアを見つめている攻略対象の一人ランスロットの、シナリオでの出会いを思い出す。入学して少しした頃、授業のあと時間が空いたエミリア。『裏庭にお花を見に行く』を選択すると授業をサボってお昼寝していたランスロットに出会える。さすが放蕩！

ランスロットの第一声はこうだ。

『やあ、可憐なお嬢さん、お名前を教えてくれませんか』

そう、ちょうど、今みたいに――

「やあ、可憐なお嬢さん、今は僕が彼女と話しているんですが」

あれ？

「レベッカ様がつまらなさそうにしてらっしゃるので、あなたの時間は終了です」

「却下します。今から面白くなるので」

「却下します。最初から抱腹絶倒させるつもりで臨むべきです」

私は首をひねった。エミリアがランスロットルートに入らなかったことだけはわかった。逆にいう

と、それ以外よくわからなかった。

五月に入ったある日。一人教室を移動していた。『夏』は夏季休暇が明けた九月だし、ゲームのイベントも次に来る大きいのは八月の頭だ。シナリオでこの時期は、攻略対象たちと出会い主人公自身の『ステータス』を育成する期間で、特別事件はないらしい。現実でもエミリアが誰のルートにも入りそうにないおかげで平和である。

「ね、レベッカ嬢」

のほほんと歩いていたところ、小さく名前を呼ばれた気がした。教材室と書かれた部屋の扉。そこから顔を覗かせているボブヘアの女性。こっちこっちというように、二人きりであろう暗い部屋の中へと手招きをしていた。弾けんばかりの笑顔と白い歯が眩しい。

「不審だ……」

不審すぎる。それでも近寄ってしまったのは多分、彼女の笑顔がいたずら好きの小さい子供にしか見えなかったせいだ。

「いきなりごめん。レベッカ嬢であってる?」

近づいた私を捕食動物よろしく俊敏な動きで引っ張り込んだ彼女は、閉めた扉を背にして言った。それは密室に引きずり込む前に聞いてほしいと思わなくはない。

ええ、と答えるとニカッと笑ってくれたその人は、オリヴィエ・マークと名乗った。

「『春』一位の！」

「いやあ、私の場合は『春』が一番相性良くてさあ」

オリヴィエ・マークといえば女子三強の一角であり、校内にファンも多い。『攻略本』には、

三強、第三学年、紺色の髪に茶色の瞳、戦闘全般に才能あり、父は騎士団長、幻獣は豹（ひょう）、備考：性格良し

とあった。なるほど。戦闘に強く豹がパートナーなら『春』はそれはもう得意分野だろう。しかし腕っ節が強いだけで得られるほど三強の称号は安くない。彼女が私に一体なんの用なのか。

「ヴァンの妹さんなんだって？　あいつとは悪友なんだ」

ヴァン。ヴァンダレイだとすぐに理解する。私に兄弟は一人しかいない。

「そのヴァンに関して、忠告しに来た。あいつのためじゃなく、可愛（かわい）い後輩たる君のためにだ。あのね、あいつはまともじゃない。良いやつではあるんだけどね。ちょっと気をつけて。それだけ言いに来た」

言うだけ言って、オリヴィエは手を振って去っていった。嵐のような女性だと、ポツンと残された部屋の中で思った。

今の言葉をどう受け止めるべきだろうか。母の言葉を思い出す。母は兄も私のことを愛していると言った。しかし。『まともじゃない』。その言葉は私の胸に深く巣喰（すく）った。心配しなくても、同じ学園

にいても第三学年である兄と顔を合わせる機会はなかった。

そんなことがあってから数日経った日のこと。王立貴族学園は全寮制の学校である。侯爵家も公爵家も王族も、みんな一人一つ同じ大きさの部屋を与えられ一人で生活する。いつも通り寮の食堂で朝食をとり出発しようとしたところ、女子寮の玄関にそぐわない風貌の男を見つけて足を止めた。頭から爪先まで覆う長いローブは真っ黒。私の髪といい勝負だろうか。その下が指定の制服なのだろうか。着こなし的に問題があるのではなかろうか。

顔も見えない初対面の彼をしかし私は知っている。攻略本ではなく、殿下の婚約者としてだ。彼は今からフリード・ネヘルと名乗るはずだ。

「殿下、お待ちだ。早く行け」

「……えっ」

名乗られなかった！　仕方ないので勝手に紹介する。この男はフリード・ネヘル、推定身長百九十センチメートル。第二学年で五高の一人だ。先日の『春』では第三位という大金星を挙げた彼である。幼い頃から殿下に仕えるよう育てられた男で、殿下の腹心だ。ちなみに攻略対象ではない。確かに、大きな体のみならず顔までもローブで覆ったこの男と恋愛はしない、と思ったことは素直に謝罪する。ごめんなさい。

というか睨まれている。気のせいかと思ったがやっぱり睨まれている。心当たりならある。『春』で私を探していた殿下が九位で私が七位というのはちょっと許せないに違いない。

フリードに言われたのは校舎の『特別談話室』なる場所だった。この学園は恐ろしく広いのでそのような存在に気づいてもいなかった。秘密のお話ができる場所なんだろう。殿下にお会いするのはほぼ一ヶ月ぶりだ。「失礼します」という声が震えてはいなかっただろうか？

いつも通り優雅さを心がけて入室・礼をすると、そこにいた人物は表情を柔らかくして目を細めた。私はそんな彼が眩しいという理由で同じく目を細めた。

「久しぶりだな」

顔が原因不明の紅潮に見舞われ、心臓が謎の不規則運動を開始するから、そんな顔で出迎えるのはやめてほしいものだ。

席に着いた私に殿下は「まず謝る」と言った。

「会いに行かなかった。悪かった」

「会いに行かなかったんじゃなくて、会いに行けなかったんでしょう」

迷わず口に出した。少しだけ疲れているようなのは一目ですぐにわかっていた。お仕事が忙しかったに違いない。だけどちょっと不敬だったろうか？　殿下は私が不安になったことに気づいたようだ。

「それで殿下、今日はどのようなご用件で」

気楽にしてくれと言われた。お言葉に甘えることにする。

「特には」

「えっ」

殿下の形の良い眉が少し寄った。こうすると普段の仏頂面だ。

「婚約者に会うのに理由は必要か？」

まずい、心臓の謎の運動が再開された。話を変えよう。

「そ、そうです殿下。この前、私のことをいつも見ていたって仰(おっしゃ)っていましたよね。あれは……」

「レベッカ」

え。あからさまに目を背けられた。

「気にするな」

いや気になる！

「あの、殿下。そういう魔法があるって仰っていましたよね。もしかして前から私の生活を……」

「レベッカ」

さっきから言葉が遮られる。

あの殿下、その聞き分けのない子供をたしなめるみたいな声なんですか？

「気にするな」

「いや気になる！」

あと誤魔化すのが下手！

「知らなくてもいいことがこの世にはある」

「殿下、言わないとこのクッキーあげません！　ちなみに私の手作りです！」

「六年前から週に三回三十分程度『窓』を作って様子を見ていたが風呂等は決して見ていないと約束する」

「すごい効果ある！」

いつももらうばかりのエミリアへのお返しにと思って焼いたクッキーがこんなところで役立つとは。

あとその魔法は今後一切使用禁止でお願いしたい。

私はその日、寮の部屋に帰ると攻略本に書き込みをした。


ルウェイン・フアバードン。備考：無愛想、一番人気、『意外と話しやすい』

ある日寮の自分の部屋にて、私は石像も真っ青の硬直っぷりを披露していた。口は半開きのまま。手は洗面所のドアノブにかけたまま。

視線は、自分の部屋にいるはずのないその人物に釘付けになったまま。

順を追って説明させてほしい。授業を終え寮に帰った私は、課題家事等を後回しにして先に風呂を済ませた。風呂はそれぞれの部屋に一つ付いているので、思い切り体を伸ばせて良い。最近お気に入りの入浴剤はピーチフラワーノートといって、甘すぎない香りがちょうど良……じゃなかったそれは今どうでもいい。

ともかく、早々と風呂に入った。今日は用事があるからだった。そうでなければこんなに早く風呂に入ったりしない。私の視線の先にいる彼も、まさか私がこの時間に風呂に入るなどとは思いもしなかったに違いない。そうでなければ彼も今私に負けず劣らずの硬直っぷりを披露してはいないだろう。

美形というのは固まってしまってもやっぱり美形だ。それどころか古来から人間が美形を彫像にしてきたことからもわかるように、表情が抜け落ちることで美しさはさらに洗練さ、じゃなかったそれも今はどうでもいい。

動揺が思考にありありと表れている。要領を得なくて大変申し訳ない。

つまりだ。風呂上がりの私。楽だからという理由で、襟ぐりの広い大きめの上に下はいわゆるホットパンツ。脚はまるっと出ている。洗面所のドアを開けたら、なぜか殿下と目が合った。

ちょうど窓から私の部屋に入ってきたところだった、殿下と！

ちゃんと説明したら耐えきれないくらい恥ずかしくなってきた。貴族令嬢というのは家族以外の男性に膝より上を見せないものなのだ。

私の体中の熱が全て顔に収束したのを見て、殿下は逆に落ち着きを取り戻したのだろうか。窓枠に腰掛けていた体をぐるりと回転させ背中越しに声を出した。

「悪かった。珍しい菓子をもらったんだが不在のようだったから置いていこうかと、待て、すまない、俺が悪かったから叫ぶのはやめてくれ」

だめだ、殿下も大概平常心じゃなかった。叫びそうになっている私を勝手に想像している。ここまで動揺しているということは、先日の『風呂等は決して見ていない』という言葉は信じても良さそうだ。

それにしてもなんて不良殿下だろう。王太子が婦女子の部屋に忍び込むなんて、この国の未来は大丈夫だろうか。とりあえずこれ以上脚を見られないよう、ベッドに座り脚に布団をかける。

「わかりました、それはもういいです不良殿下」

「不良殿下……」

「それより今ここにいるとまずいです」

私は自分が早々に入浴した理由を思い出していた。勝手に部屋に入ったことはもういい。でも間が悪い。おそらく、もう来る。

「レベッカ様ぁ。エミリアです。お邪魔しまーす」

ガチャ、と音がした。エミリアです。死刑執行人が断頭台に上った音に聞こえた。何を隠そう、今日はエミリアが泊まりに来る予定だったのだ。ちなみにメリンダも来る。各自風呂を済ませて私の部屋に集合の約束だ。

殿下はこちらを振り返って渋い顔をした。

「なぜ鍵が開いてる。不用心だ」

だって私がお風呂に入っている間に二人が来るかもしれなかったから。って、今それですか？　殿下はわかっているのだろうか。私の部屋にいる彼は見つかれば『三強』に並び『不良殿下』のみならず『変態殿下』の称号を得るかもしれないのに。そういえばここ六階なのにどうやって入ってきたんだろう。あ、鷲(わし)か。

固まる私、余裕の表情の殿下。私たちがいる寝室の扉がエミリアによって開かれる瞬間、私は妙に冷静になって自分を見た。

私、なんでこんなに焦っているんだろう？

女子寮への男性陣の立ち入りは禁止されているわけではない。申請があれば許可が下りる。それでも、エミリアが顔を覗かせ、その大きな瞳に彼を映したそのとき。可愛らしい顔は驚きでいっぱいになった。殿下はそれをいつもの無表情で見ていた。私は焦燥にも恐怖にも痛みにも似た気持ちでそこにいた。

　そしてはっきりと理解した。私は二人に、出会ってほしくなかった。

「ええと、ルウェイン殿下でしょうか……？」

「ああ」

　最初に声をあげたのはエミリアだ。そして何とも言えない顔で私の方を見ている。私の微笑みは少しぎこちなくなってしまったかもしれない。

『ええと、ルウェイン殿下でしょうか……？』

『ああ』

　第一王子にして一番人気の攻略対象・ルウェイン殿下とエミリアの出会いイベント。場所が『屋上』ではなく『私の部屋』であることに目を瞑れば、ここまではシナリオ通りだ。問題は次。主人公の次の『セリフ』を『プレイヤー』は三択から選べる。『びっくりしました』・『お邪魔してしまいましたか』・『いらっしゃるとは知らなくて。失礼しますね』。攻略本を読んだときはこれで一体何が変わるんだと思ったものだが。一つ目を選べば会話がほぼ発生せずに終わる。二つ目を選べば二、三の会話で終わる。三つ目を選ぶと、話し相手にちょうど良いと思った殿下に引き止められてお話ができ、ルウェインルートに入ることもできる。

　私は知らず唾を飲み込み、エミリアの言葉を待った。

「えっと……お邪魔してしまいましたか？」

二つ目か。

そう思いかけた。しかしはたと気づいた。状況が違うから意味が違う。

屋上で一人考え事をしていた殿下にではなく、部屋に二人でいた婚約者同士に言うと意味が違う！

「ち、違います！」

違うんです、そうじゃないんです。何か色気のあることをしていたわけじゃないんです。ああ、顔から湯気が出そうだ。あたふたと「違うの」と繰り返していたら、殿下がなんだか楽しそうに笑った。

「いや。邪魔は俺だな。失礼する」

すると殿下は私の手を取り、手首の内側に顔を寄せ——ちゅ、と音を立ててキスをした。

寄せられた唇、伏せた瞼。あ、睫毛、長い。間の抜けた感想が浮かんだ。あまりの状況に理解が追いつかなかったからだ。いつの間に呼んだのやら巨大な鷲が現れ、殿下がその背に乗って姿を消した。

いつもにも増して楽しげな殿下を惚けた顔で見送り、へなへなと座り込んだ。皮膚の薄いところに口づけられたせいでその感覚で頭がいっぱいだ。先ほどの薄暗い感情は霧散していた。なんだかもうとどめを刺されたみたいな気分だ。

ガシャンと大きな音がして我に返る。エミリアだった。窓を下ろして鍵をかけたのだ。彼女は何を思ったのかそのまま両手で窓枠を掴むと——グニャリと握り潰した。メキョメキョと音を立て窓枠が変形する。修理を呼ばない限りもう開かないだろう。振り返ったエミリアは満面の笑みだった。

「これでもう変なものは入ってきませんね！」

いや私、窓使えなくなったんですけど。どこにそんな筋肉を隠し持っていたんだ。……ルウェインルートには、入らなかったと思っていいのだろうか。

その後メリンダが到着した。メリンダはわざと変形した窓枠を見ないようにしていた。面倒事の匂いを嗅ぎ取ったのだろう。課題を終わらせた後はお喋り(しゃべ)りに興じ、エミリアが言い出した『お泊まり女子会』なるものはなかなか楽しいものになった。恋愛の話になったとき、エミリアは散々考えてから「今は二人といるのが楽しい」と結論を出して笑っていた。それでもエミリアはいつか誰かに恋をするのだ。このゲームに『ノーマルエンド』、どの攻略対象とも恋をしないルートはないのだから。

そんなふうに考えた自分に驚いた。一番シナリオに囚(とら)われているのは、他ならぬ私なんだろうか？

3

本日、王立貴族学園の全生徒が講堂に集められた。二ヶ月前も聞いた学園長の朗々とした声が響く。

「六月になった。七月からは夏季休暇に入る。夏季休暇があけた九月には『夏』を控えている。『夏』は『幻獣祭』。第一学年には今月末幻獣の卵を配る。じっくり育てろ。それぞれに見合った幻獣が孵るだろう。第二・第三学年はこの一年彼らを育ててきた成果を存分に見せろ。九月初めの『幻獣祭』にて発表してもらい、評価がつけられる。私も楽しみにしている。それでは解散」

教室に戻る間、私は踊り出そうとする心を一生懸命抑えていた。ずっと可愛い相棒、もといペットが欲しかったのだ！　幻獣というだけあって、その動物たちは普通の獣とは少し違う。例えば殿下の鷲は体の大きさを自在に変えられる。学生時代から一緒に困難に立ち向かい、長い時間を共に過ごす幻獣たちは、貴族にとって唯一無二。人生のパートナーなのだ。

もちろん私はレベッカの幻獣を知っている。白蛇だ。大きいわけでもなく手のひらサイズである。

ゲームでレベッカは自分の幻獣を嫌がっていたようで、なんだか意地悪な性格をした蛇だったのだが、そんなの育て方が悪いのだ。ちゃんと可愛がれば懐いてくれるに違いないのだ。私は爬虫類が怖かったりもしないので良かったと思う。そんなわけで一月後が待ち遠しい。

「レベッカ」

名前は何にしようか。

「ねえレベッカ聞いてるの？」

へび……へび……白蛇……

「レベッカってば！」

そうだ！

「クリスティーナ！」

「えっ誰⁉」

私のすぐ隣で声をあげたのはメリンダだった。私としたことが、ずっと話しかけられていたのに気づかなかったようだ。突然まだ見ぬ幻獣の名前を呼んだせいで驚かせてしまった。

「ごめんなさい。なあに？」

「いやそれよりクリスティーナって誰よ」

「私の幻獣につける名前よ」

「あなたも大概変なやつよね」

背後から空気が抜けるみたいな音がした。振り返ると、そこにいたのは殿下だった。口元を手で押さえて小刻みに震えている。きらめく金の髪に隠れて見えない瞳には、きっと涙も浮かんでいる。

「で、殿下が笑ってらっしゃる……」

殿下がお越しだと伝えようとしてくれていたのであろうメリンダは信じられないといったふうだった。殿下は案外よくお笑いになるわよ、とは教えてあげなかった。

殿下はひとしきり笑ってから私の隣に腰掛けた。冷たい美貌と評されるお顔には、まださっきまでの笑みが幾らか残っているように思える。夏季休暇中の予定を聞かれた。

「公爵家領に帰るのか？」

うーんと首をひねったがそれはないなと思う。母は亡くなっているし父はこの王都にいる。王都で働いている父に代わって七年前から公爵家領を治めているのは叔父だ。無害を絵に描いたような頼りなさそうな見た目だが存外頭がキレる人で、立派に領地を治めてくれている。吹けば飛んでいきそうなのは頭髪だけだ。

父のとは全く違う叔父の頭部に想いを馳せていると、殿下の手がするりと私のそれに重なった。驚いて視線を戻す。

「俺と過ごそう。他に予定がないなら。婚約者なら王宮に泊まることができる」

心惹かれるお誘いだ。手を握られているせいかこの前の手首へのキスを思い出し、顔が熱くなった。でも王様、そして特に王妃様とお会いするのは緊張する。確か母はこの感情を『嫁姑問題』と呼んだ。

「お誘いは嬉しいのですが……夏中王宮に泊まってはご迷惑でしょうし……」

「そうか。では俺の部屋に泊めよう」

「もっとダメですよね⁉」

「わかったわかった、ならその間俺はお前の客室に泊まるから」

「それはどうなるんですか⁉」

顔を赤くして声をあげた私を殿下は――勘違いでなければ、愛おしそうに、見つめていた。

「冗談だ」

うっと言葉に詰まる。顔が、顔が熱い。誰にも見せない表情をどうして私にだけはそんなふうに惜しげもなく晒すのだろう。何も言えなくなってしまうではないか。

気づけば夏季休暇に入った最初の土曜日に殿下と二人でお出かけをすることになっていた。流れるように約束を取りつける手腕は見事としか言いようがない。

殿下が立ち去り、物思いに耽る。殿下はもしかしなくても、私のことを憎からず思ってくれているのだろうか。はっきりと言葉で言われたことはない。しかしこれで殿下の気持ちが少しも私にないのなら、私には殿下に気性の荒い馬をけしかけるくらいの権利はあるだろう。

私と殿下の会話に乱入しようとしたランスロットをりんごを握り潰すことで威嚇していたらしいエミリアが話しかけてくるまで、私はふわふわとした思考に身を委ねていた。

その後「ルウェイン殿下とレベッカ嬢の仲はお熱いものである」という世にも浮かれた噂が流れた。遠巻きに様子を眺めていた生徒らによるものらしい。確かにあそこは人の目があった。何を言われようと文句を言える立場ではない。だが、私に噂を伝えてくれたメリンダは隠そうともせずにやにやしていたし、私も顔から火が出るほど恥ずかしかった。

六月は雨が降る。この世界で当たり前の現象だ。母が『何事につけてもヨーロッパの貴族文化と日本が混じっているのよね』と言っていたのを思い出したが、意味はよくわからない。

じめじめした六月にぴったりなじめじめした行事、それは試験である。

「嫌だわ」

放課後の図書室で、私の隣に座ったメリンダがぼやいた。彼女は頭が良いのにどうにも面倒くさがりだ。

「嫌ですね」

反対の隣ではエミリアが同意を示している。彼女に関しては、賢いのになぜか勉強となるとちょっとあの、まあ『あれ』だ。

私はそんな二人に挟まれてせっせと勉強している。勉強は好きなほうなのだ。攻略本にレベッカが試験で芳しい成績をとったとの記述はない。だが悪知恵は働くようだったので、もともと頭は悪くなかったのだろう。もったいない。加えて普段の学園生活、つまり生活態度や試験の成績も称号の審査に影響するのだからやる気も出るというもの。

ちらりとエミリアに目をやった。彼女が努力家なのは知っている。シナリオでは攻略対象の誰かに勉強を教わってかなり良い結果を残すはずなのだが……一体どうなるのだろう。盗み見していたら急にエミリアがこちらを見たので目が合ってしまった。瞳が輝いていた。

「レベッカ様ぁ。私レベッカ様が勉強を教えてくださるなら頑張れる気がします。あと良い点とったらご褒美もくださいっ」

やっぱり私か。お菓子もお弁当も、今のところなぜかイベントは全て私に回ってきているから予想はついていた。それにしても、頼む側なのにちょっと図々(ずうずう)しいのはなぜなの？

メリンダも一緒にどうかと言おうと反対側を見た。彼女は話を聞いていなかったと見えて、今も窓の外を見ていた。瞳が輝いていた。

「ねえ、彼素敵だと思わない？」

視線の先を追う。黒い塊があった。

あれは無機物よ、メリンダ。人じゃない。舌先まで出かけたその言葉をしまって、私は塊を二度見した。それは黒い塊ではなく黒いローブだった。ついでにいうならローブに身を包んだ百九十センチメートルの男だ。

「嘘でしょメリンダ！」

「大きい人って素敵」

私は愕然とした。メリンダは美人だ。柔らかな濃紫の髪に蜜のような飴色の瞳が映えて、よく夜空の星に例えられる。家も堅実にやっていて安定しているから、相手は選り取り見取りだろうに。よりにもよってフリード・ネヘルとは。彼は『五高』だし優秀だが、人柄がベールに包まれ顔がローブに覆われているのに。

ああそういえば、と初めて会った日のメリンダの言葉を思い出した。友人の思わぬ男性の好みに頭を抱えた私は、その日から試験前日まで、三人で勉強する場所を女子寮に変えた。

少しだけカラっとしてきた風が髪を揺らして、授業中だというのについ外を眺めた。直後に鐘が鳴り授業の終了を知らせる。バラバラと立ち上がって出て行く同級生たちを追いかけるようにして、私も廊下へ出た。

試験が終了してちょうど一週間が経(た)っている。この数週間は久々にかなり忙しかった。エミリアへの指導が思っていたより熾烈(しれつ)を極めたのだ。思わず「脳にまで筋肉が蔓延(はびこ)っている！」と叫んだ私に、エミリアはいい笑顔で「ありがとうございます！」と返した。武闘派に『脳筋』は褒め言葉だったらしい。それでも失礼だったと思ったので一応謝罪はした。

メリンダはといえば、私の予想通り試験が目前に迫った頃対策に着手し、前日には「まあなんとかなりそうだわ」とのことだった。効率的で何よりだ。男性のタイプは変えられないのだろうか。

廊下を歩いていくと、生徒が二、三人、窓の枠に肘をつくようにして風を浴びていた。入ってきた風が気持ちよくて私も目を細める。学園は最近どこかのんびりとした空気に包まれているように思う。環境に慣れたのと、夏季休暇が近いからだろう。試験の返却もさっきの授業で最後だ。

もう少ししたらエミリアが、きっと笑顔で出来栄えを伝えに来るだろう。そうしたらメリンダを探して三人で何か食べに行こうか。お互い時間が取れていなかったのだが、一段落ついたことだし、そろそろ殿下にもお会いできるだろうか。

ふと、自分が頬を緩めていたことに気がついた。立ち止まってつねる。学園での生活は、意外と楽しい。

そのときだった。——ガン、グシャ。

突如すぐ前に鉢植えが降った。

息を呑んで見上げると、一瞬だが数人の女子生徒が上の階を逃げていくのを見た。恐怖に勝ったのは驚きである。

「そ、それ、私がやるやつ！」

それ、悪役令嬢が主人公にやるやつ！

「嘘でしょ？　公爵家で王太子の婚約者のあなたに犯罪まがいの嫌がらせって、相手はどんな命知らずの猛者なの？」

とは、その一時間後私に事情を説明されたメリンダの言である。

殿下にはこのことを言わないつもりでいる。余計な仕事を増やしたくないからだ。あの程度のいたずらなら、また何かされても気をつけてさえいれば対応できるので問題ない。スカートに短剣も忍ばせていることだし。ただ、メリンダに危険が及ぶのはいただけない。彼女にはしばらく私から距離を取るように頼んだ。

「嫌よ。我が身可愛さにあなたを一人にしろって言うの？」

そう言ってくれるメリンダは友人の鑑だ。私は幸せ者だ。

「大丈夫よ、一人じゃないわ。エミリアを連れて歩こうと思ってるの」

エミリアなら純粋な戦闘力が下手な男性より高いし、万が一私が怪我したときもすぐに治してくれるだろう。この状況にうってつけである。しかしそう伝えたとき、メリンダは珍しく言い淀むような様子を見せたのだ。

「レベッカ、あなたには言わないようエミリアに口止めされていたんだけど……」

メリンダは拳を強く握りしめていた。ゆっくりと顔を上げ、口を開く。

「あの子も同じような嫌がらせを受けてるみたいなの。そんな噂を聞いて本人に確認したら、『大丈夫です』って言って聞かなくて……もう、随分前のことよ」

理解に数秒を要した。

「ひっ」という小さな叫び声はメリンダのものだ。私を見つめる彼女の顔が血の気をなくしていくのを、怒りで真っ赤に染まった世界で見た。

翌日の昼休み。いつも通り廊下を歩いていたとき、良くない気配と視線を感じた。

その瞬間頭上に水の入ったバケツが現れたので、身を翻して躱(かわ)す。振り返れば後方の柱の影に人が隠れている。首ギリギリを狙ってナイフを投げた。一本、二本、三本。三人の女子生徒は、何が起きたのかわからないといった様子で座り込んで、声も出せずに壁に刺さったナイフと私とを見比べていた。

突然の事態にその場は騒然となる。私は気にせず彼女たちに微笑(ほほえ)みかけた。

「あのね。水をかけられそうになっても、鉢植えをぶつけられそうになっても、未遂なら別にいいの。私、小さいことは気にしないわ」

ゆっくりと近づく。

「でも、一つお聞きしたくて。あなたたち――」

彼女たちの青ざめた顔が目の前に来るところまで。

「エミリアに、何かした？」

いつだって優位なのは笑っているほうだ。気持ち悪いほど微笑んでいるであろう私には、ガタガタ震える彼女たちの答えられないという答えで十分だった。

私の胸の中では、昨日からどす黒い感情が泉のようにこんこんと湧き出続けている。私はその泉に片足をつけていた。私の髪みたいに真っ黒な色をした泉だ。もう二、三歩踏み出して体を投げ出してしまえば、私は『レベッカ』になる。

心のどこかでそんな自分に自分で失望していた。それでも気持ちは抑えられなかった。許せない。許せない。エミリアを傷つけたこの人たちが。それを許した周りが。何より、友人が一人で戦っていることに気づけなかった、あまつさえ気を遣わせてしまった、自分が。

なけなしの理性で感情を抑えるのをやめながら、思った。どんなに周りの人に優しくしようと。どんなに毎日を楽しく過ごそうと。

悪役令嬢（レベッカ）は、ずっと私の心の中にいたのだ。

心の中の私と現実の私が後戻りできない一歩を踏み出した。――踏み出そうと、した。


「レベッカ」

その声は全ての邪を消し飛ばした。

急に視界がひらけて、そこに私の大事な人がいることに気づいた。彼はただいつも通りの優しい顔で、柔らかな声色で、悪役令嬢ではなく彼の婚約者の名前を呼んでいる。初めて会った日みたいだと思った。あの日も彼は名前を呼んで、『私』を取り戻してくれた。そしてほら、こんなふうに。両腕を大きく広げ私を見つめるのだ。あの日と唯一違うのは、彼を見て私も安心することができるところだろうか。

きっと今この瞬間をもって私の中の『悪役令嬢』は消えてなくなる。彼に向かって駆け出し、その腕に包まれたとき、私はそう確信した。

私を腕に抱いたまま、第一王子ルウェイン・フアバードンは女子生徒たちに淡々と告げた。

「お前たちが何をしたかは知っている。誰に指示されたかも把握している。処罰はスルタルク公爵家と話し合い、追って伝える。フアバードン王家の名の下それまで謹慎処分を言い渡す」

このとき、一部始終を見ていた生徒たちの心は一致していた。それだけなのか、と。スルタルク公爵家の力の大きさは計り知れないし、どうやら狙われたのはスルタルク領の宝石たる彼女だけではないらしい。もう一人、平民といえど稀有(けう)な治癒魔法の才能を持った貴重な人間も。

何より彼らは噂に聞いている。王子は婚約者を愛している。全てを考慮した結果、女子生徒たちはその場で貴族籍を剥奪された上追放されて、一族はみな降格を言い渡されてもおかしくなかった。

しかし王子は言った。

「私の優しい婚約者は厳罰を望まない。罰よりも、これから先この国への奉仕によって、お前たちがその罪を償うことに期待しよう」

そして婚約者を伴ってその場を去った。聴衆は打ち震えた。一切感情的になることなく仇なした者の罪を暴き、その上で許容した王太子とその婚約者。彼らに任せておけばこの国の安泰は約束されたも同然ではないか。王子とその婚約者への口々の賞賛をもってして一連の事件は幕を閉じた。

翌日、私に会いに来てくれたエミリアは両目に涙を浮かべていた。

「また助けられちゃいましたね。黙っていてごめんなさい。迷惑をかけたくなかったんです」

そう言ってボロボロ涙を落とした。さすがヒロイン、涙も綺麗——なんて感想を浮かべるのはもうやめだ。

「大事な友人を助けられて良かったわ」

目の前で泣いている少女は私の友人だし、それを心配する私も、ただの彼女の友人だった。

4

先日六月の試験の結果が発表された。試験は学年別なので、『行事』とは違って各学年のトップ3のみ公開される。貼り出されたそれを見て私はしばらく自分の目を疑った。私は第一学年で一位だったのだ。その下にはガッド・メイセンなる人物、そしてエミリアの名前が続いていた。エミリアの順位はシナリオと同じだ。メリンダは十二位だったと言っていた。直前の詰め込みでその結果は十分賞賛に値する。

第二学年の一位には殿下の名前があり、オズワルド・セデン、フリード・ネヘルと続いていた。第三学年は一位にセクティアラ・ゾフ、二位にヴァンダレイ・スルタルクと続き、三位には同率でディエゴ・ニーシュ、レイ・ロウとあった。

喜びの最高表現として抱きついてきたエミリアを受け止めつつ、抜かされないよう精進しようとこっそり心に決めた。

そして今日は第一学年の生徒たちに幻獣の卵が渡される日だ。

待ち望んでいたこの日。昨日はもちろん眠れなかった。終業式の後、受け取った卵を大事に抱えた私を、エミリアは微笑(ほほえ)ましそうに、メリンダは呆(あき)れたように見ている。

「楽しみですねぇレベッカ様」

「あなた今からその調子なの？」

卵が孵(かえ)るには二週間から六週間かかる。早いほうが良いということも遅いほうが良いということもなく、ただ主(あるじ)の影響を色濃く受けた幻獣が生まれる。温めたりする必要は特にない。だが漠然と、常に行動を共にしたほうが良いとは言われていた。

私の卵は周りより小さかったように思える。大きさが多少違う以外見たところみんな一緒に見える卵たちのうち、どの子が渡されるかは完全に運。そこも含めて幻獣祭なのだが、私の卵が小さいのは当たり前である。生まれてくるのは小さくて可愛(かわい)らしい白蛇なのだから。

メリンダは手のひらより大きい自分の卵を手慰みに机の上で転がしていたが、突然笑みをたたえて席を立った。見れば、離れたところにフリードが立ってこちらを見ている。私はメリンダがフリードに話しかける様子を頬を引きつらせて眺めた。

鉢植え飛来に始まる一件のあと殿下は私にある決まりを言い渡した。

どんなことでも報告・相談すること。互いに多忙で会う時間が取れないときは、フリード・ネヘルとメリンダ・キューイに連絡役を頼むこと。

私はその決まりを受け入れざるを得なかった。心配されているとわかっていたし、その件を殿下に報告しなかった負い目があったからだ。殿下は今回の事件を自分の求心力を高めるのにうまく利用していたとはいえ、また同じようなことをしてしまっては迷惑でしかない。

おかげでメリンダとフリードが話す機会を作ってしまった。いや、メリンダがフリードに一方的に話しかける機会を作ってしまった、のほうが正しいか。彼は無口を具現化したような男だから。そう思っていたのだが。

フリードが去ってメリンダが戻ってきた。

「レベッカ、今フリード様が『殿下は人間らしく笑うようになった、レベッカ嬢には感謝している』と仰(おっしゃ)っていたわよ」

「フリード様？　それどこのフリード様？」

「フリード様はこの学園にあの方一人よ」

「あっブレッド様？　それともフレンド様かしら」

「しつこいわよレベッカ」

彼はいつからそんな長文を話せるようになったのか。あと、道理で最近睨(にら)まれなくなったと思っていた。あなたのほうがよっぽど人間らしくなったんじゃ、という返信はメリンダによって却下された。

「ああ、やっと夏休みだわ。そういえばレベッカ、殿下とお出かけするときに着る服はもう決めたの？」

メリンダの言葉に首を横に振る。夏季休暇に入るということは、約一週間後に殿下とのお出かけを控えているということだ。どんな格好がいいのだろう？　どこに行くかは殿下にお任せしたので、どんな場所でも対応できる無難な感じにしたい。

私はこういうときの切り札、『お友達』を召喚した。エミリアとメリンダは、ああでもないこうでもないと私を着せ替え人形にした。

「うん、これがいいです！　可愛い！」

エミリアが太鼓判を押したのは、アイスブルーのノースリーブとふくらはぎまで隠す軽やかな白いレースのスカートの組み合わせだ。白っぽいハンドバッグと低めのヒールを合わせる。なかなか清楚な感じに仕上がったのではないだろうか。

「ところでエミリアあなた、殿下のこと認めてるの？」

「目の前でレベッカ様を誑かされると内心『この野郎』と思いますが。この国の次期最高権力者というただその一点は素敵ですね」

「あなた不敬って言葉知ってる？」

鏡の前でどきどきしていたおかげで、友人二人の不穏な会話は私の耳に入らなかった。

翌日メリンダと共に寮を出た。私は七月をメリンダのキューイ子爵家の領地で過ごし、八月を王都で働く父が住む家で過ごす。スルタルク公爵家領は遠すぎるので今回は帰らない。

兄が七月を父の家で、八月をどこか別の場所で過ごすと家の者に聞いていたので若干意識した。『春』の結果発表、そして試験の結果。度々名前を見かける兄から私は未だに逃げている。学園でも全く見かけないし、何か困ることが起きない限りおそらくずっとこのままだ。

しかし兄だけを意識した予定の組み立てではない。夏に起きるゲームの一大イベントのことも考えている。

今日まで寮にいて明日家に帰るというエミリアに見送られ馬車に乗り込んだ。別れの悲しみはあまりない。薄情なのではなく、エミリアとはすぐに会う約束をしているからだ。

キューイ子爵家領は王都から比較的近いにもかかわらず自然豊かな場所だ。何度か遊びに行ったこともある。私は卵を撫でながら、この子に乗馬を経験させてあげようと思案した。

キューイ家でお世話になり始めてから六日目。とうとう殿下との約束の日である。事前に決めた服にばっちり身を包んだ私をメリンダが捕まえた。鏡の前に座らせられ、髪を結われる。両側からゆるく編まれた髪が後頭部の低い位置で一つに纏められた。絶妙な量の後れ毛が彼女の器用さと髪結いの熟練度を物語っていると言えるだろう。

「いや可愛いわ。これは良い。殿下喜ぶわ」

「ありがとうメリンダ。でも口調」

「お可愛らしいですわ、レベッカ様。素晴らしいです。殿下もお喜びあそばすことでしょう」

口調を注意したらメリンダが気味の悪い喋り方になってしまった。説教くさいことを言うのはやめ、素直に抱きついて感謝を伝える。メリンダは私を抱きしめ返し、「楽しんできて」と言ってくれた。

殿下は子爵家領まで迎えに来てくださるはずだ。なんだかいてもたってもいられなくて屋敷の前で待っていたのだが、約束の時間が近づいたのに馬車が見えない。あれ、と思い始めた頃だ。大きな影が自分にかかったことに気づいた。空を見上げて理解する。確かにこんな相棒がいたら、馬車を使おうなんて思わないに違いない。

「レベッカ。待たせたか」

「いいえ、今来たところです」

大きな大きな鷲の背に乗った彼が変わりなく見えて安心した。恋人同士みたいなやり取りも嬉しかった。殿下は私に手を貸して鷲の背に乗せた。

「名前はグルーという」

やっぱり幻獣には名前をつけるものなんだ！　思わず顔を輝かせる。四人は人を乗せられそうなグルーは悠然と高度を上げ、穏やかな飛行を開始した。

キューイ子爵家の屋敷がもうあんなに小さい。下の景色が綺麗だし、空気が美味しい。空がこんなに気持ちいいとは。ここは高いところに登った時の常套句だと母が教えてくれた、『人がゴミのようだ』を使うべきだろうか。

「ただ一緒にいるだけじゃなく、色んな経験をさせると良い」

背中にひっつく私を振り返るようにして殿下が言った。卵のことだろう。それは良いことを聞いた！　ハンドバッグから手のひらサイズの卵を取り出した。気持ちの良い風を浴びられるようにだ。

「……空飛ぶ蛇になっても構わないのよ、クリスティーナ」

小さい声で言ったつもりだが殿下には聞こえてしまっただろうか。何も言われなかったのでよしとする。あっという間に王都が見え始めた。今日は楽しい日になりそうだ。

観劇、食べ歩き、雑貨屋巡り、お茶屋さんで甘味をお供に休憩。私たちは王都でのデートでやりそうなことを制覇したと言っても過言ではないだろう。ずっと殿下のそばを離れず、心からたくさん笑い、遊び疲れてくたくたになった頃。そろそろ日が暮れることに気づいて悲しくなってしまった。

「レベッカ、夕焼けを見に行こう。俺の気に入りの場所がある」

笑顔で頷く。もう少し一緒にいたいと思っていたからすごく嬉しかった。差し出される殿下の腕を取る。その動作が今日一日で当たり前になったことも、たまらなく嬉しかった。しかし今朝ぶりにグルーの背に乗って移動した後、着いた場所を見て絶句した。

「で、殿下ここはもしかして」

「ああ。王宮の屋根の上だ」

「ですよね！」

何らかの犯罪には当たらないのか。少なくとも不敬には当たっている。殿下は慣れた様子で腰を下ろした。

「気にするな。俺はよくここで夕焼けや夜空を見る」

道理で王宮の屋根にとまろうとする巨大な鷲を警備兵の皆さんが気に留めないわけだ。グルーは私と殿下を屋根に残し、気持ちよさそうに空を旋回していた。

諦めて殿下の隣に座る。確かにここはどの建物よりも高いから何の障害物もなく空を楽しめる。どこまでも続く夕焼けを眺めていたら、レベッカ、と名前を呼ばれた。殿下のほうを見て、思わずどきりとした。群青が私を見つめていた。眼差し（まなざし）が真剣だ。その後ろは一面の夕焼け。殿下の金色の髪がその赤色に透け、混じり合いながら輝いている。

実は今日の私にはある目標がある。殿下は私に何でも相談するようにと言った。なら私は殿下に攻略本や乙女ゲームのことを話すべきではないだろうか。攻略本に書いてある情報は多大な価値を持つ。殿下はきっとそれらをうまく生かすことができる。

ただ、このことを打ち明けるとは同時に、私がシナリオでは悪役令嬢だと打ち明けることでもある。

殿下が私を大切にしてくださっているのはわかっている。だけどそれは私が『私』だからだろうか？　それとも、『将来の妃』だからなんだろうか？　私のことを愛しているだとか好きだとか、ちゃんとした言葉で聞いたことは一度もないのだ。

私が恐れて止まないもの。それは『シナリオの強制力』なるものの存在だ。『春』の順位は私というイレギュラーの周りで起きたこと以外シナリオ通りだった。試験もそうだ。それに、レベッカがエミリアを虐めなくても、代わりに他の人間が嫌がらせを行っていた。

どうにも色んなことが違う過程を経て同じところに収束しているように思える。シナリオ通りでないことも多々あるが、ゲームが最低限の要素だけを綺麗に並べつつ進行していると言えなくもない。

その場合、私はもう自分が悪役令嬢だとは思っていないが、ただの私として主人公に勝てるのだろうか。シナリオではスルタルク家の令嬢である私よりも、エミリアを妃にすることが国益に繋がっていたと殿下が知ったら。ゲームの強制力が本当に存在して、ほんの少しでも殿下の背中を押したら。それでも殿下は『殿下』として、そして『ルウェイン』として、私を選んでくれるのか。私は未だに結論を出せずにいた。

だからもしも今日、殿下が私自身を好いているとはっきり言葉にして伝えてくださったら、私は殿下を信じて全てを明かそう。そう決めて今日を迎えたのだ。

私の緊張を知ってか知らずか、殿下は私の腰を支えるように片腕を回した。寄り添う私たちは他の人には恋人同士に見えるのかな。そんなふうに思ったことはすぐに後悔した。

「レベッカ。言いたいことがある」

どきどきしていたはずの胸が落ち着いていく。私を見つめる殿下は、『一人の男』ではなく、紛れもなく『この国の王太子』の顔をしていた。

「俺はこの先お前とならば王としてもやっていける。俺と共にこの国を守ってくれ」

プロポーズともとれる言葉。しかしそこに甘さは一切ない。群青の瞳に私の全てが見透かされているような気がした。国を背負う彼に愛まで求める、わがままな私の全てを。

薄く微笑みを浮かべた。無意識だった。もはや私にとっては心の防衛反応なのだろう。心の中が相手に知られないようにするための。

「はい」

『一人の女』としてではなく、『王太子の婚約者』として。できる限りしっかりした声で答えれば、殿下の顔は緩んでいつもの殿下になる。私を愛(いと)おしそうに見つめてくれる。それを見て喉がひくりと震えた。

「殿下は私のことをどう思っていらっしゃいますか」と自分から問えばそれで済む。そうわかっているのに、怖い。彼がそのときどんな顔をするのかわからなくて怖い。答えを聞くのが怖い。全てを伝えるのが怖い。

口をつぐんで下を向く。出るべき言葉は一つとして出なかった。私は殿下を信じきれなかったのだ。

「今日のお前は一段と綺麗だ」

腰から腕が離れ、殿下の左手が私の右手を包み込むように握った。離れてしまわないようそっと握り返した。

ああ、私。今を忘れたくない。心の底からそう思った。燃えるような夕日の美しさも、殿下の優しい声も、この手の温度も。全てを脳に刻み込んで、これから先何があっても思い出せるようにしたい。

願わくはそのときも今この瞬間と変わらず、殿下の一番近くにいますように。

殿下に送られて帰宅するとメリンダの質問攻めにあった。特に私の格好に対する殿下の反応が気になるようだ。

「もっと何かなかったの？　例えば君より美しい人を僕は見たことないとか妖精も裸足で逃げ出すほどだとかこんな婚約者を持てたことを天に感謝してもしきれない、とか」

「メリンダ、それはもう殿下じゃないわ」

一般人でもないだろう。多分詩人か何かだ。綺麗だと初めて言われたので私は十分嬉しかったけど。メリンダは物足りないらしい。

「まあいいわ……他の詳しいことはあの子もいるときに聞くから」

唇を尖らせるメリンダ。実は五日後にはエミリアがキューイ邸に来ることになっている。彼女には弟妹がたくさんいるそうで、あまり長く家を空けたくないと言っていたので一泊二日だ。

『夏季休暇中またお泊まり女子会がしたい』――これが先日のテストで三位をとったエミリアがねだったご褒美だ。可愛らしいお願いに拍子抜けして本当にそれでいいのかと確認してしまった。私は彼女に似合いそうな宝石を二つ三つ譲ろうと思っていたのだ。

五日後、エミリアは馬車に乗ってやってきた。そして到着するなり「ほへえ」と声をあげていた。キューイ邸の大きさに圧倒されたらしい。私とメリンダはといえば、そんなエミリアが小脇に抱えている別の物の大きさに圧倒されていた。

「……エミリア、その卵前見たときよりかなり大きくなってる気がするんだけど？」

そう尋ねたメリンダは顔を引きつらせている。

「卵って大きくなるの……？」

メリンダの困惑はもっともだ。エミリアの優しさと膨大な魔力を糧に幻獣が破格の成長を遂げているのだと攻略本で知っていなければ、私とて同じように顔を引きつらせた自信がある。

「そうなんですよねぇ」と笑うエミリア。シナリオでは、幻獣祭の優勝は彼女だ。

エミリアの荷物を家に運び込むと、外に出てエミリアに乗馬を教えたり、創作料理大会を開催したり、小さな子供みたいに庭の芝生に寝転がってお昼寝したりした。

夜が更けても一つのベッドの上で身を寄せ合いお喋りを続けた。しばらくすると二人は下がってきた瞼（まぶた）を無理やりこじ開け、「まだ寝ない」と言い張った。エミリアに至っては「お友達と『オールナイト』するの夢だったんですよぅ」とよくわからないことを言ってごねた。しかし最後には二人仲良く夢の世界へ旅立った。私が眠くないのは昼間に芝生で熟睡をかましたせいだろう。

吐いたため息は暗い部屋に溶けてなくなった。二人の寝顔を眺めながらぼんやり考える。

例の一大イベントは八月の頭。つまり半月後に迫っている。

内容はこうだ。ある日町に買い物に出かけたエミリアは、嫌がらせのついでに『夏』に参加できないようにしてやろうと目論んだ悪役令嬢レベッカに攫われ、幻獣の卵を奪われそうになる。もちろん私はそんなことしないが、今までのことを考えれば攫うのが別の誰かになるだけだろうと踏んでいる。

重要なのは、そこで助けに来てくれる攻略対象こそ、主人公の最終的な恋のお相手ということだ。その後うまくハッピーエンドに持っていけるかは別として、ルートはここで完全に分岐するのだ。

しかし私は自分でエミリアを助けるつもりだ。様々なイベントを軒並み私が消化している今、静観していてもし誰も来なかったらどうする。というかできれば未然に防ぎたい。ゲームの強制力と戦って勝てるかどうか定かではないが。

そんな私にとって大変喜ばしい事実が一つある。殿下は絶対に助けに来られないということだ。なぜかといえばこれは物理的な問題だ。七月の終わりから八月の上旬にかけ、殿下はスルタルク公爵家領を訪ねることになっているのだ。殿下が婚約を続行する意向であり、私がそれを受け入れていることを確認した父の進言だった。多忙な殿下の仕事を父が幾分肩代わりし、本来なら馬車で片道四日かかるところを二日で行く。一歳の誕生日を迎え逞しい成長を遂げたグルーだからできる強行軍である。そんな旅程なので私がついていくという話にはならなかった。

これなら『シナリオの強制力』がどれほど強かろうが、殿下は助けに来られず、シナリオ上でもエミリアと殿下が結ばれることはないと決まる。私にはこれ以上ないくらい嬉しい。

ふと考え事をやめて窓の外に目を向けた。窓から涼しい風が入って頬を撫でたからだ。部屋の中も外も暗いが、空には明るい星が煌々と瞬いている。それを見て決意を新たにした。

大丈夫、エミリア。私はきっとあなたを守ってみせる。

八月に入った日。私は王都の父の家にエミリアを招待していた。一日だけと呼んだが、このままずるずると滞在してもらうつもりだ。前に小さい弟妹が多くて大変だと言っていたので、エミリアの家には既に公爵家の使用人を手伝い兼報告に向かわせている。

父は今日も仕事で屋敷にいない。殿下の予定を一週間も空けるという無理を断行したためだ。今朝も私を一度抱きしめてから「お前のためだと思えば苦でもない」と笑って出て行った。なんて素敵な父さまなんだろう。

今、この家の警備体制は普段の倍レベルに強化してある。父に迷惑をかけないよう、使用人に直接言いつけて、だ。誰が来ても入れない。エミリアが外に出たいと言っても決して出さない。これでも誘拐されるならそのときはそのときだ。『シナリオの強制力』に舌を巻きつつ全力で助けに向かうのみ。

これではほとんど軟禁だが、頑張って楽しませるのでエミリアにはなんとか我慢してほしい。私の予想では、期間はエミリアの幻獣の卵が孵るまでが一つの目安だ。エミリアの幻獣はこのイベント中に孵り、戦局をひっくり返す役目を持つからだ。殿下は昨日出発された。万事問題はない。

少しだけ異変が起こったのはその日の夕方のことだ。私とエミリアは本の感想を言い合いつつお茶を飲んでいた。ゲームのシナリオではもう事件が終わる頃だなと思っていると、執事長がやってきて来客を告げた。今日は客をもてなす気はないと断ろうとするも、父の恩師だったのでまさか追い返すわけにもいかず。家の代表として父の不在を伝えるべくエミリアのそばを離れた。誰が来ても会わないこと、どこにも行かないことをエミリアに約束させてから。かなり不審だと思うのだが、エミリアは「それがレベッカ様の望みなら」と許してくれた。

だから安心して来客の対応をして、戻ってきてエミリアがいなかったとき仰天した。代わりに執事が一人待っていた。

どうにも追い返せない相手が来て、今別室でエミリアと話をしていると。その人物とは五高の一人、キャラン・ゴウデス侯爵令嬢だと。しかも彼女は従者も連れず一人で来たと。

二人がいるはずの部屋はもぬけの殻だった。

キャラン・ゴウデス。五高、第二学年、魔法に才能あり、赤色の巻き髪、幻獣は子熊

『春』は六位だったと記憶している。彼女は学園でも有名だ。気の強さは揺るぎない努力の裏返しと評判で、「取り巻き」と揶揄（やゆ）されることもあるファンクラブ・『親衛隊』が存在する。曲がったことが大嫌いという理由からシナリオではエミリアに手を貸してくれるキャラクターだった。間違ってもエミリアを誘拐するような人ではないはずなのに。軟禁されているエミリアを助けに来たとか、まさかそんなことはないといいが。

私は比較的落ち着いていた。万が一を考え既に手は打ってある。

「チェタン、報告を求めます。エミリアはそちらに来ましたか？」

胸元から取り出したのは小さなクリスタルのネックレス。淡い水色に透き通ったそれは、持ち主の魔力を糧に、登録した人物との遠距離通信を可能にする。この国では広く普及している物だ。

『はい、レベッカ様。十五分ほど前エミリア様が赤い髪の女性に連れられ突然現れました。魔力でできた縄で縛られていらっしゃいますが特にお怪我はございません。お二人はお話しされているだけで今のところ差し迫った危険はないかと思います。結界を張られていて声は聞こえません。突入を試みますか？』

「いいえ。何人か連れて二十分以内に向かいます。到着する前に何か起きたら突入してほしいですが、捨て身は許しません」

『承知しました』

エミリアたちがいるのはここから馬で十五分ほどのところにある、今の時期は使われていない神殿。もともとレベッカが攫って連れて行くはずだった場所だ。だからここから近い。別の人間に攫われてもそこが舞台になると睨んでいたので人を置いていた。

しかし、あくまでも万一攫われた場合を考えて、だった。何日かかるかわからなかったこともあり、信のおける従者であるさっきの彼ともう二人くらいしかいない。エミリアが忽然と消え、そして現れたのはほぼ間違いなく転送魔法。『春』で多用されたから慣れてしまったが、ほとんどの人間には試すことすら許されない超高難度魔法を使う相手に、三人は心許ない。

警備の騎士のうち、特に魔法を得意とする者を六人かき集め馬に飛び乗る。結局攻略対象よろしく助けに行くことになってしまった。馬を走らせながら心の中で「冷静に」と唱える。

大丈夫。エミリアは何事もなく帰ってこられる。だってあの子、ちゃんと自分の卵を持っていった。オフシーズンの神殿は薄暗くて不気味だ。エミリアとキャランがいる礼拝堂には報告通り結界が張ってあった。声を遮断するだけじゃない。一定年齢以下の女性しか入れないようになっているのだと、自分以外が全員結界に阻まれたとき思った。これもシナリオ通りで、大人数でガヤガヤ突入というわけにはいかないらしい。

騎士たちには時間がかかっても結界を無効化する努力をしてもらうことにして、私は一人礼拝堂に足を踏み入れた。途端に大きな声が聞こえてくる。話はどこまで進んだだろう？　堂々と入ったりせず体勢を低くして様子をうかがう。礼拝堂には長椅子が同心円状にずらりと並べられていて、中心は丸く空いていた。そこにエミリアとキャランが向かい合っている。大声を出すエミリアを見て怪我はしていないと胸を撫で下ろした。しかし縄で縛られたままだ。魔力でできてさえいなければ、縄どころか鎖でも引きちぎれただろうに。

エミリアの姿を確認できても、安心はできなかった。私が入ったときちょうど、豊かな赤い髪をした女性が、両手で抱えた卵を振り下ろすように床に叩(たた)きつけようとしていた。

「やめて、やめて、だめぇっ！」

そんなに大きい声を出さなくても平気だよエミリア。だってほら。

卵が床につく直前、突き出た太い尻尾が先に殻を割ったのだ。床に叩きつけられた衝撃で一気に全容を現したその幻獣。生まれたばかりとは思えない神々しさは思わずひれ伏したくなるほどだ。

ぶわりと広がるもう八本の尻尾。こがね色の体を艶めかせ、巨大な体躯と真っ赤な瞳でキャランを見下ろしていた。

「九尾……？」

エミリアが呟く。そう、人はその獣をそう呼ぶ。エミリアの聖の魔力と神殿の聖気で覚醒し生まれた、気高き狐の女王である。

誰よりも驚いたのはエミリアだ。およそ卵に収まっていたとは思えない質量の幻獣を前に、一言呟くなりポカンとして動かなくなってしまった。

シナリオではここでレベッカが腰を抜かして、九尾がエミリアの縄を噛み砕き外してくれて、エミリアは気を持ち直して「私はあなたには負けないし、こんなことも二度としないで」と告げて出て行こうとする。そうしたらレベッカが公爵家の金庫から持ち出した『封じの札』で九尾を一時的に抑えて食い下がったものだからエミリアは再びピンチに陥って、攻略対象の一人が結界を破り助けに来る……という流れである。

が、私は今この隙にサッとエミリアを回収してしまおう。まさかキャランが『封じの札』を持っていても嫌だから。礼拝堂から出てしまえば安全なんだし、攻略対象とは違ってかっこよく登場しなくてもいいのだから、エミリアを連れて早くここから出てしまおう。

素早くエミリアに近づき、小さく名前を呼んだ。目を丸くして声をあげようとした彼女を、口に人差し指を当てることで制止し、手を引いて出口へ走り出した。九尾は主人についてくる。よし、完璧だ。逃げ切れる！

目の前に人間が現れて私の行く手を塞いだのは、扉に手を伸ばす直前だった。

驚きに目を見開き急ブレーキをかける。現れた男はそれをへらへら見ていた。同時に外の騎士たちによって壊されかけていた結界が、急速に修復され立て直されていくのを肌で感じる。振り向くと追いついたキャランが九尾に小さな札を貼りつける瞬間を見た。

ああもう。

「何か変だと思いました……あなたでしたか、『ハル』」

「まだその名前で呼んでくれんだな。嬉しいよ『ベス』」

五高であっても使えるはずがない転送魔法。若い女だけを通す結界。誘拐したのは性格的にそんなことをするはずでないキャラン、しかも虚ろな目をして一言も喋らない。

『春』で出会ったこの男。やけに馴れ馴れしいのが懐かしい。初めて会った日と同じように、学園の制服を着ている。夏のこのイベントには何も関係なかったはずだろう。どうしていつもいつもシナリオを変えて登場してくるのか。

「あなた、本当に『面白さ』のために動いているのですか？」

「さあ。どうだろうな。少なくとも俺が今楽しくてしょうがないのは事実かな」

適当に話をしながら必死で頭を回す。テーマはもちろん、この状況をどう切り抜けるかだ。

エミリアは心配そうに九尾の様子を見ていた。九尾は魔力を封印されてあと三十分は動けないだろう。キャランはぼうっと立ったまま。

唯一の出入り口はこの男の後ろだ。結界も彼が張ったものだったんだろう。結界魔法は使用者なら条件にかかわらず出入りが自由だから。この男がいる限り外から結界が破られることは期待しないほうがよさそうだ。

つまり相手にするのは高等魔法を使いこなす物理攻撃無効の精神体男と、その操り人形と化した令嬢、ちなみに魔法が得意。対するこちらは治癒魔法しか使えない脳筋女子と、剣の腕が少々の私。

知っている、こういうの。母が言っていた。『詰んでる』だ。とりあえず時間を稼ぎながら相手の目的を探ろう。

「私たちをどうする気ですか」

「治癒魔法使いのそっちの彼女には俺の体を復活させてもらいてえな。レベッカは……んー……何もしなくていいぞ」

「じゃあ逃がしてもらえませんか」

「そりゃだめだ」

『ハル』は噛んで含めるように続けた。

「何もしなくていいから、俺のそばにいろ」

……え？　驚いた。何か特別な意味を感じるのは気のせいだろうか。『ハル』の細められた目の奥に得体の知れない感情がある気がして――いや、目といえば。

「どうして髪と目が赤いんです？」

「ん？　これはなー、魔力をたくさん貯め込んでる時ほど鮮やかな赤になんだよなー。初めて会ったときはもっと茶色っぽく濁ってたろ？」

そうなのだ。『ハル』の髪は初めて会ったときの鳶色ではなく、血みたいな真っ赤。あの時もこの赤だったら『ハル』がオウカだと気づけた。攻略本には真っ赤な髪と書いてあったから、美形だし攻略対象かもと疑ったにもかかわらず思い当たらなかった。

「数ヶ月大人しくしてたらだいぶ貯まってな。例えば俺とお前とエミリアの三人を外国に転送することもできそうだわ」

「……え」

後方でエミリアが声を出した。シナリオの強制力が強すぎたせいで、私はいつの間にかそれに頼って安心していたようだ。シナリオ破りのこの男は私たちを遠くに連れ去ることもできるというのか。せめて何か抵抗をしようと、スカートの中の短剣に手を伸ばした。

が、やめた。

「あなたそんなことしようと思ってないでしょう」

あまり確証はなかったけど言った。でも『ハル』が初めてへらへらするのをやめたから図星なんだろう。自分でも不思議なことに、さっきからこの男に微塵の危機感も警戒心も湧かないのだ。それに本当にそんなことをするつもりならゆっくり話してないでさっさと実行すればいいのである。

正面から彼を見据える。瞳をじっと観察して、先程見た謎の感情の正体を知ろうとした。それは恋の熱でも情でもましてや執着でもない。

保護者のような、慈愛であった。

「……当たり。ただ俺は――」

その色を隠そうともしなくなった『ハル』が柔らかに言ったのと、

パキパキ、バキン。

結界が散り散りに砕け散ったのは同時だった。魔力が細かい粒子となってきらめきながら降ってくるのが目に見える。『ハル』が道を空けるように扉の前からどいた。間を空けず扉がバタンと開いて人が入ってきた。辺りを包む光のシャワーがこれ以上ないくらいよく似合う人だった。

「――彼が来るのを待ってただけなんだよなあ」

どうして。

それだけが私を支配する。あなただけは来られないはずだった。あなただけは来てはいけなかった。あなただけは、エミリアの相手になってほしくなかったから。

『そこで助けに来てくれる攻略対象こそ、主人公の最終的な恋のお相手』

「レベッカ、無事か？」

全然無事じゃない。だって、殿下、あなたが来てしまった。

「どうして」

私の「どうして来てしまったの」が、殿下には「どうしてここがわかったの」に聞こえたらしい。

「キャラン・ゴウデスは以前から監視対象だった。詳しいことは後で話す。それよりレベッカ、答えろ。怪我はないか」

殿下は鋭い視線を『ハル』に向け、座り込んでしまった私を背中に庇(かば)う。その声は固い。それでも私を心配しているとわかる。

「……はい」

声が震えた。殿下はちらりとエミリアにも視線をやる。九尾も目に入ったはずだが特に動じた様子はなかった。

『ハル』はすっかりへらへらモードに戻っていて、私を何か言いたげな顔で見ている。今ならわかる。シナリオ破りの私から見てシナリオ破りだったあなたは、そうしてこの世界を正しい形に戻していたのだ。

「よし、じゃあ俺はもう行くわ」

『ハル』は満足げだ。殿下が来たことでこのイベントの目的は達成され、つまり彼の目的も達成された。

「んじゃな、三人共。キャラン嬢については指輪を外した上で魔法を解除してやってくれ」

そう言い終えると体がぼやけて薄くなっていく。しかし途中で「あ！」と大きな声を出した。まだ何かあるのか。

「そうだ。俺の名前。桜花(オウカ)だ、よろしくな」

ま、あんただけは知ってるだろうけど。

ほぼ消えかかっていたオウカがいきなり私のすぐ近くに現れ、最後の言葉だけを耳元で囁(ささや)いて今度こそ完全に消えた。あまりのことに背中が粟(あわ)立つ。

なぜ知っていると知っている！　あの男、最後に爆弾を投げていった。

殿下は弾かれたようにこちらを振り返り、オウカに囁かれた方の私の耳を袖口で擦った。ごしごし、ごしごし。……怒っているように見える。唇が一文字に閉じられ、いつもみたいに優しく笑むこともない。私は少し落ち着きを取り戻した。確かに殿下は来てしまったけど。明らかに私を助けに来てくれているではないか。シナリオに抗うと言いつつ思い切り気にして振り回されている、この体たらくはなんだろう。それに今は他にやるべきことがある。

　どうしても私の耳からオウカを拭い取りたいらしい殿下の手に自分の手を重ねた。そして目を合わせる。彼の行動がほんの少しおかしくて、意外と心配性な彼を安心させたくて、心から笑う。

「助けに来てくださってありがとうございます、殿下。かっこよかったです」

　最後の一言は余計だっただろうか。だけど今はこの人の婚約者であることに感謝だけしていたいと思うので。不安になるのは、本当に何かが起きてからにしようと決めた。

　殿下はエミリアの縄をいとも簡単に引きちぎり、九尾の札を剥がし、キャランの指から指輪を引き抜いて解除の魔法をかけた。指輪は彼女を操るためオウカがつけたのだろう。具体的に何のお花なのかはわからないが、薄いピンク色で五枚の花弁のお花がモチーフの可愛らしいものだった。

　キャランは瞳に光を灯すと、ただただ困惑の表情を浮かべた。その様子を横目でしっかり見つつ、エミリアを抱きしめて宥める。エミリアは私へのお礼やら言いつけを破ったことへの謝罪やらでいっぱいいっぱいになっていた。エミリアと外で待っていた騎士たちを連れ家に戻った。殿下は諸々の後始末をしてからうちを訪ねると言った。

本当にどっと疲れた。二時間ほどの出来事だったとは思えない。エミリアは椅子に座り、膝に乗るくらいのサイズに縮んだ九尾を繰り返し繰り返し撫でていた。自分自身を安心させるかのような動作だ。そしてぽつりぽつりぽつりと話し出した。

「ゴウデス様が部屋まで入ってきてしまわれて。レベッカ様が誰とも会わないようにと仰っていたので追い返そうとしたのですが……彼女の指輪についていた、あのお花は。ずっと昔に馴染(なじ)みのあった懐かしいものだったんです。それを見せられてつい二人で話すことを了承したら、縄をかけられ転送魔法で連れていかれました。その後は独り言のように『取らないで』、『悲しい』、『嫌だ』と繰り返し仰るだけで会話になりませんでした。そして突然卵を割られそうになりました」

遅れて到着した殿下が言うにはこうだ。

「ゴウデス侯爵令嬢はお前たちへの嫌がらせを指示していた人物だ。まだ何かある気がして泳がせていた。スルタルク公爵領に向かう途中ゴウデスが動いたと知らせがあったので転送魔法で駆けつけた」

殿下が転送魔法を習得していたとは。攻略本にはなかった情報だ。一日一回が限度で、緊急時以外は使いたくない代物だそうだが、それでもすごいことだ。

「ゴウデスは今回のことを何も覚えていないそうだ。それどころか数ヶ月前から記憶があやふやらしい。裏づけも取れている。操られていたとして罪には問われないだろう」

キャランには魔法の才能があって、実家にも権力がある。加えて本人にも指示の通りに動いてくれる『親衛隊』がいるから、操る相手として都合が良かったのだろうか。それだけで選ばれてしまったのならキャランは不運だったとしか言いようがない。

しかしそれより、私がシナリオを知っていることをオウカが知っていたのが問題だ。現段階ではまだ、彼がずっと昔に封印された男だとは判明していないはず。彼には近いうちまた会うことになるのだろう。

スッキリしない気持ちはある。しかしエミリアはこうして無事に戻ってきた。私はそれだけでよしと思うことにした。エミリアが殿下のルートに入ったかもしれないという不安は、頭の隅に追いやって鍵をかけた。

5

『春』は一学期の最初の日。『夏』もまた然り、夏季休暇があけたその日が幻獣祭である。『夏』はあくまで学校行事の域を出ない他の行事とは一線を画す。この国の夏の名物であり、全国各地から多くの人々が集まるお祭りである。ファバードン王国の貴族たち自慢の幻獣を一目見ようと、他国からも観光客がやってくるほどなのだ。

午前九時からが第三学年の部、正午からが第二学年の部、午後三時からが第一学年の部。該当学年の生徒たちはそれぞれ自分の場所で幻獣のアピールを行い、他学年を含め観客はそれを好きに見て回る。評価と順位付けを行うのは教師と著名な卒業生で構成された審査団だ。評価基準は明確にされていないが、主に強さ・美しさ・珍しさ・賢さ・主人との絆の深さだと言われている。

大きな垂れ幕がかけられた校舎。『幻獣祭』の文字が風になびいて踊っている。現在の時刻は第二学年の部が始まる三十分前の午前八時半。学園は既に一般の人で溢れ返っていて、移動するのも一苦労である。

メリンダと私は殿下がいる場所を探して彷徨っていた。三強であり男性としても人気のある彼のことなので、早めに見つけ、その場で開催を待っていないと人だかりができてしまうと思うのだ。幻獣祭はこの中庭のみで行われるが、考えられないくらい広いので三時間かけてやっと回りきることができる。

「ねえメリンダ」

隣を歩く友人に、というよりその肩にとまる幻獣に目をやった。人が多くて暑いのが不快なのか、メリンダは眉間に深い皺を刻んでおり、彼女の幻獣も同じ表情を浮かべている。

「気を悪くしないで聞いてほしいのだけど……あなたのその子、蛇は食べないわよね？」

「さあ……」

「メリンダ、死活問題なの」

「ごめんなさい、あっつくって。そうね……安心してちょうだい」

「本当？　なら良かっ――」

「なんの腹の足しにもならなそうだから食べないと思うの」

「メリンダ！」

にやりと笑ったメリンダ。つい眦をきつくして睨んだ。なんと肩の幻獣も同様に意地悪な顔をしている。この子たち似てる。すごい似てる！

メリンダの幻獣は夜の闇に溶けそうな色をしたフクロウだった。金色の目だけが満月みたいに綺麗だ。主人の色合いそのまんまで可愛いのだが、いかんせん頭が良く面白がりなところも主人に似た。あと表情筋も。

今も捕食者の目をして私のポケットを見ていたので、思わず手でポケットを押さえた。こそっと中を覗き込む。私のちっちゃなクリスティーナは可哀想に震え上がってしまっていた。白い体がさらに白くなってしまっている気がする。

クリスティーナは二週間前に生まれたばかりだ。卵をもらってから六週間経(た)っても生まれなかったときはさすがに焦った。四、五日して無事生まれてきたので良かったが。殿下には見せたことがないので、今日は二人を会わせるのが楽しみだ。第一学年は第二・第三とは違って、芸をするわけでもなく生まれたままの姿を見せればいい。生後二週間のこの子もそれならできる。臆病な優しい子で、私はこの子のことが可愛くて仕方がない。スカートの右ポケットが定位置だ。

「あ。レベッカ、殿下を見つけたわよ」

「え！　ど、こ……嘘(うそ)、もう……。メリンダ、諦めて涼しくて座れる場所を探しましょう」

「賛成」

遠目に金髪の御仁と立派な鷲(わし)がいるとやっとわかるような距離。既に大量の人だかりに囲まれた彼に近づくのは諦めたほうが良さそうだ。

中庭の隅のベンチに腰掛け休んでいると、花火が打ち上がった。朝の日の光にも負けない太陽のごとき花火だ。幻獣祭開幕五分前の合図である。それに合わせ、中庭の中心に開設されている円形のステージに二人の人物が姿を現した。この学園ではあまりにも有名な二人だ。麗しいその姿に、会場の至る所から感嘆のため息が漏れ出る。

「本日は卒業生代表の御役目を賜り誠に有り難く存じます」

腰まで届く瑠璃色の髪を垂らして折り目正しいお辞儀をしたのが、双子の妹シャルロッテ・シーガン。

「再びこの学園の空気を吸えたことを喜ばしく思う。皆の幻獣を見るのが今から楽しみだよ」

同じく肩につく瑠璃色の髪を揺らしてはにかんだのが双子の兄シャルル・シーガン。

彼らは『シーガン兄妹』。学園の卒業生で、昨年末の『冬』のあと見事三強の称号を獲得した六人のうちの二人だ。三強・五高は一年の終わりに発表される。一年前第三学年だった二人は三強の名を頂戴してすぐに学園を卒業した。称号を持って卒業するのは特に名誉なことと言われており、昨年度三強の第三学年はシーガン兄妹だけだった。しかも、史上初めて双子で三強に輝いたのがシーガン兄妹だ。

憧れの存在を前に、生徒たちのエンジンは一気に温まった。

「それでは皆様」

「幻獣祭を始めよう」

二人の合図で爆発するような歓声が会場を包む。私は胸を高鳴らせて椅子から立ち上がり、メリンダはそんな私を見て「もう疲れた」と文句を言い、クリスティーナは「シュー！」と、フクロウは「ホー」と言った。

交友関係の狭さには自信がある。第二学年には殿下以外特に見たい人はいない。そしてその殿下は人の壁に阻まれ見られそうもない。

そういえば彼は前に「グルーに芸を仕込むか何かして適当にやる」と言っていて、あまり力を入れている様子はなかった。殿下は称号がいらないのだろうか。『春』でも順位そっちのけで私を探しに来ていたし。不思議に思ったが、これは少し考えれば当たり前だと納得できる。称号を手に入れて得られるのは学園での特権や未来への保証だ。生まれたときから全てを手にしている殿下がなぜ欲しがれるというのか。

というわけで無理にでも殿下を見に行きたいわけではないので、合流したエミリアと適当に回ることにした。メリンダは「向こうにフリード様がいらっしゃるわ！」と飛び立ってしまったので二人だ。

特に面白かったのは『最強の子守唄』なるものを披露したカナリアだった。歌い始めた途端観客がばったばったと膝から崩れ落ち、なぜか主人である女子生徒もぐっすり眠り始めた。指で耳栓をしていた私はエミリアを抱き上げてその場を離れなければいけなかった。

お昼を挟んで第三学年の部。今度の目当てはオリヴィエだ。彼女の愛猫ならぬ愛豹は音の速さに勝らずとも劣らない脚力を見せつけて拍手喝采を浴びた。審査団の反応も上々である。正直速すぎて何がなんだかよくわからなかったが、すごいのはわかった。興奮していっぱい拍手を送ってしまった。

楽しく回っていると、午前中の殿下の評判が耳に入ってくるようになった。

「殿下の幻獣が巨大化して垂直に飛び上がったの。そうしたら上昇気流が発生して雲ができて、雨が降ってきたのよ。一瞬のことだったわ」

「まあ！」

「天気を変えるだなんて！」

「すぐに殿下が魔法で晴れに戻してしまわれたけど」

「今朝一瞬だけ降った雨はそれね」

「腰を抜かした審査員もいたそうよ」

下馬評通り、そしてシナリオ通り、第二学年の中での一位は殿下とみて間違いなさそうだ。

午後三時、第一学年の部の時間が来た。これまでと比べるとパフォーマンス性に欠けるので観客が少し減ったようだ。今度は自分が見られる側。学園から事前に通知された自分の持ち場に向かわなければならない。

エミリアと別れて持ち場に着くと、隣は久しぶりに会うランスロットだった。「久しぶりですね」とやけにきらきら笑いかけられて、彼も攻略対象だったと思い出させられた。第一学年は幻獣を見せればいいだけなのでご丁寧にも椅子が用意してある。ランスロットと並んで座って行き交う人を眺めた。

「夏季休暇はどうでした？」

「はあ」

「貴方(あなた)に会いたかったんですけどね、父の手伝いをしていたから時間が取れなかったんです」

「はあ」

「貴方の幻獣はとても可愛らしいですね」

「わかります？　私の自慢の子なんです。クリスティーナと申します」

そういえば爽やか放蕩(ほうとう)くんだ、とも思い出したので生返事をしていたのだが、彼の父親は確か宰相。その手伝いということはシナリオ通り更生しつつあるのだろう。おめでとう、爽やか放蕩から爽やか元放蕩へクラスアップだ。主人公もなしに何がきっかけでそうなっているのかは知らないが。

いや、エミリアとランスロットは時たま話しているのを見かける。エミリアは大体片手で、もしくは両の手それぞれで硬い食材を握り潰している。

そんなランスロットの幻獣は黒猫だった。行儀よく座る姿が気品に満ち溢れていて、先ほどから一般の人の多くからちらちらと……いや、かなりの視線を、もう異常なくらいの視線を集めている。こんなにも人目を引いているのは大きさのせいもあるだろう。私は最初虎かと思った。ランスロットは「餌をあげすぎちゃいまして」などと言っているが、彼は攻略対象でもありシナリオでは今年度末五高にも選ばれる男だ、実は。それを考えるとおかしなことではない。

天気を変える鷲だの九尾だの周りに規格外が多いので勘違いしそうになるが、大多数の生徒の幻獣は普通のペットレベルである。私のクリスティーナのほうが普通なのだ。彼女は今私の膝の上でとぐろを巻いてお昼寝をしている。なんてチャーミングなんだろうか。

つやつやの体を撫(な)でていると、クリスティーナがぱちりと目を開けて頭を上げた。起こしてしまったかな。そう思ったけど違うようだ。何やら急に周りが騒がしくなった。

「……あ」

見れば少し離れたところに人だかりと輪ができている。一人の女子生徒から周りが距離を取るように離れたせいだ。中心で何かを抱きしめて押さえつけるようにしている女子生徒。誰だかはすぐにわかる。赤い髪が特徴的だからだ。

「キャラン・ゴウデス侯爵令嬢……？」

一体何をやっているんだろう。聞こえたのは絹を裂くような叫び声だ。

「レティ、レティ！　だめ！　聞いて、お願いよ！」

次の瞬間、驚いたのは私だ。離れたところにいる彼女が、いきなり首をぐりんと回して、完全に私一人に向かって叫んだのだから。

「逃げてっ！」

それは彼女の腕から『何か』が飛び出す直前のことだった。弾丸のように飛び出し、みるみる巨躯（きょく）へと姿を変えながら、紐（ひも）で繋（つな）がれているみたいに私に向かって駆けてきた。大きすぎる体に覆いかぶさられて視界が暗くなる。不思議と全てがやけにゆっくりに見えていた。それは目を血走らせ、牙をひん剥（む）き、唾を撒（ま）き散らして吠（ほ）える——熊。

あっ、死ぬ。

反射的に目を瞑（つぶ）った。怖いと思う時間もなかった。

＊＊＊

シャルル・シーガンは審査団の一員として会場を回っていた。そしてふと己の双子の妹がふらふらと一団から離れていくのに気がついた。妹は意外にもその慇懃（いんぎん）な態度に反し集団行動が苦手だ。いつものことだと声をかける。妹は突っ立って一人の女性を見つめていた。

「シャルロッテ。そんなに見つめてどうした？　彼女はそんなに気になるか？」

「ええ。シャルル、彼女どう思う？」

どうとは。シャルロッテの視線の先にいるのは黒髪の令嬢だ。椅子に座って、話しかけてくる隣の男に時折返事をしている。透き通った白い肌に艶めく黒髪。その対比と泣きぼくろが印象的な、大変魅力的な女性だった。今は少しだけ肩の力を抜いているようで、隙のある表情と暑さに火照った頬は男性陣に目の毒だ。かなり人目を引いている。特に、目が肥えていない一般の観客からすれば見たこともないほど美しく映るだろう。今も見惚れた少年が一人、前方不注意で椅子に激突した。

――あれが噂の『スルタルク公爵家の宝石令嬢』。珍しい黒髪だけでなく、一挙一動の隠しきれない気品が簡単にその名前を思い起こさせた。

シャルルは「正直に言ってかなり好みだ」と言おうとしてやめた。妹の瞳が真剣そのものだったからだ。そこでやっと、令嬢の腿の上で眠っている幻獣に意識を向ける。なんとも幸せそうだ。その蛇、蛇は……そこで彼はぴしりと固まった。

――――蛇？　待て。あれは本当に、そんな小さな存在か？

「ああ……なるほど？　あれはまだ卵なのか？」

「私もそう思う。多分何になるかを途中で変えて、未完成の状態で出てきちゃったんだわ」

その幻獣は見つめれば見つめるほど輪郭がぼやけて見える。一生懸命目を凝らすと、少なくとも小さな体に見合わない膨大な魔力がその身に秘められていることだけは察せられた。シャルルにわかるのはそこまでだ。双子が一緒にいるなら頭を回すのはいつも妹の役目だった。なぜならシャルロッテの幻獣は、賢の象徴ともいうべき存在だったからだ。

「ねえ、あの子、何かな？」

シャルロッテの言葉はシャルルに向けたものではない。長い髪で隠された背中に張りついた、彼女の幻獣に向けたものだ。両肩から顔を覗かせたのは二匹の亀。二匹で一匹のその亀は知能というただその一点に全てを振りきっている。片方が知識を、もう片方が知恵を司る。主人たるシャルロッテとのみ会話ができ、四万年の生で得た知識と知恵を惜しげもなく伝えてくれる。三年前妹の卵から四万歳の幻獣が孵(かえ)ったとき、シャルルは大層意味がわからなかった。

亀と話していたシャルロッテが「わあ！」と声をあげた。何が生まれるって、と聞こうとしたシャルルの声は周囲のざわめきにかき消された。一人の女子生徒の幻獣が暴れ始めたのだ。それは子熊で、明らかに件(くだん)の令嬢に向かって憎しみの唸(うな)り声をあげている。

「……止めないで見ていようか」

シャルルの提案にシャルロッテは間髪入れず頷(うなず)いた。

「今度こそちゃんと生まれるかな」

シャルロッテが待ちきれないといった感じで言うので、シャルルもはやる心を落ち着かせられなくなってきた。今から見るのは歴史的瞬間かもしれない。

子熊が巨大な熊へと変貌して、令嬢に襲いかかったその瞬間。膝にいたその幻獣は目が潰れそうなほどのまばゆい光を発した。双子は互いにそっくりな顔を見合わせ、楽しそうに笑った。

＊＊＊

その光には見覚えがあった。クリスティーナは殻を割って生まれたときもこんなふうに発光していたのだ。しかし不思議なのは、眩しいのに眩しくないことだ。最初こそ反射的に目を瞑ったが、真っ白なのに目を覆いたいとは思わない。皆同じ状況のようで、ランスロットも周りにいた人たちもみんな、ただ口を開けてそれを見ていた。網膜を焼かれる苦痛に呻いたのは唯一熊だけだ。よたよた後ろにのいて尻餅をつく。

光が和らいだとき、そこに光源であるはずのクリスティーナはいなかった。思わず立ち上がると自分の体にぐるりと巻きつく存在に気づいた。つやつやの白い体はそのままだ。私の体を二、三周しても余りあるほど大きく太く長くなっていること以外は。

クリスティーナは大蛇になったのか。平然と受け止めようとした頭は音を立てて思考を停止してしまった。スルスル動く胴の途中にありえないものがついているのを見つけたからだ。

足が、ある。

鋭い鉤爪のついた足。背中をさらにぐるりともう一周して現れた頭部を見たとき、私はやっと声を出せた。風になびく髭も眉も、前より神秘的になった瞳も、全て前と同じ白色だ。

「クリスティーナ、あなた」

龍だったのね。

自分が何に姿を変えたのかをわかってもらえたことより、それを受け入れてもらえたことより。また同じ名前で呼ばれたことを何より嬉しく思っているように見えるのは、きっと気のせいじゃない。だって私はこの子の主なのだから、それくらいわかるというものだ。

歴史を繙いても一度も現れたことのない龍の幻獣。人々はその重要性に気づいて、もしくはその神々しさに圧倒されて、押し黙る。

空気を壊してコツコツという足音が響いた。見れば、海が割れるように自然と開いた人垣から姿を現したのは、あのシーガン兄妹だ。

「スルタルク様、御喜び申し上げます」

「良いものを見せてもらったよ。まさか龍の子だったとはね」

「あ、ありがとうございます」

シーガン兄弟は他となんら変わらぬただの審査をしているような態度だ。至って平然とした二人と私はこの場でひどく浮いている。周りの人は、隣のランスロットでさえ、まだ衝撃から立ち直ることもできていないというのに。

「君、その子は拘束するね。怪我人が出るとまずいから」

兄のシャルルがそう口にすると、大きな影がゆらりと宙を泳いだ。生きる伝説ともなっている兄妹の幻獣。知の妹、武の兄。兄の幻獣は巨大なシャチである。空中を水中のごとく泳ぐそのシャチは、体を透明にできるだけでなく、ありとあらゆる障害物をすり抜けることができるというのは有名な話だ。昨年の『冬』・通称『合戦』で殿下を最も苦しめたのはこの幻獣だとも聞いている。

シャチは空中を悠然と進んで熊を丸飲みにしてしまった。キャランが短く悲鳴をあげる。

「御機嫌ようゴウデス侯爵令嬢。貴方様の幻獣が暴走した理由ですが」

今度口を開いたのはシャルロッテだ。知の化身を両肩に落ち着いて話し出す。

「幻獣は主人を映す鏡。貴方様の幻獣は貴方様の心の内を反映し先の行動を取ったと愚考します。御心当たりがお有りですか」

キャランは頬を張られたような顔をした。

「ええ」

その頬を水滴が音もなく流れ落ちた。ぽたぽたと止め処なく溢れるそれを見て、私はある感情で胸が軋むのを感じた。

「レベッカ様。わたくし」

——これは罪悪感だ。

「貴方が憎くて仕方ないのですわ」

知っています。心の中だけで答える。

キャラン・ゴウデス。五高、第二学年、魔法に才能あり、赤色の巻き髪、幻獣は子熊、備考：ルウェインのことが好き

頬を伝う涙を拭おうとしない侯爵令嬢。自分が泣いていることを認めないためだろう。声を荒らげるわけでもなく、弁明をするわけでもなく。潔く凛とした彼女の姿は私の目に好ましく映った。

キャランが殿下に想いを寄せていることは最初から知っていた。しかし、その感情が原因で幻獣が暴走したと知った今、わかったことがある。幻獣に悪影響を与えたということは、彼女にとって殿下への恋慕は心の弱い部分だったのだ。つまり私に対して負の感情を持っていたということだ。

気高い彼女はその感情を押し殺していただろうがオウカはそれを利用した。私たちに嫌がらせをしたり誘拐したりするよう操るのがずっと楽だったに違いない。

彼女は一度「申し訳ございませんでした」と私に深々頭を下げ、遅れてやってきた教師に連れられてその場を去った。幻獣が他の生徒を傷つけようとしたのだ、彼女の今年度の三強入りは難しくなったと言わざるを得ないだろう。

事件が解決の兆しを見せ、固まっていた空気がやっと動き出した。話を聞いて飛んできた殿下のせいでまた一度騒然としたが。殿下が「怪我はないか」とぺたぺた私の体を触っている間、シャルロッテに声をかけた。

「あの、なぜ私のような者から龍の幻獣が生まれてきたのか、お考えをお聞かせ願えませんか」

「確かに君はあまり魔力が強いほうではないようだね。そうすると人間性が大きいんじゃないか？」

答えたのはシャルルだ。それほど人間ができているつもりはないので納得できない。首をひねったら、「殺されかけたのに相手に怒りもしない人間は初めて見たよ」と笑われた。それでも、私より性格の良い人間はたくさんいるだろう。

「幻獣との絆」

今度こそシャルロッテが呟いた言葉を聞き返す。

「絆？」

「貴方様の幻獣は貴方様に大変懐いている様子。卵が孵る前『龍に成れ』と仰った事は？　幻獣が主人の命令を叶えようとした可能性が有ります」

「いいえ、そのようなことは……」

「ああ」と声をあげたのは殿下だった。

「言っていたな。『空飛ぶ蛇になってもいい』と、グルーの背の上で」

えっ、あれで!? 思わずポケットの中を確認した。危険を排除するなりまた小さな蛇に姿を変えたクリスティーナは、「そうだよ」と言わんばかりに目をキラキラさせて私を見ていた。


「レベッカ様、一位おめでとうございます！」

『夏』の結果に春が来たかのような笑顔を浮かべるエミリア。私はそれをクリスティーナへの賛辞と受け取り、満面の笑みを返した。『夏』から今日で一週間。発表された結果は以下の通りだった。

十位　第一学年　ジュディス・セデン
九位　該当者なし
八位　第二学年　オズワルド・セデン
七位　第三学年　セクティアラ・ゾフ
六位　第二学年　サジャッド・マハジャンジガ
五位　第三学年　ヴァンダレイ・スルタルク

四位　第三学年　オリヴィエ・マーク
三位　第二学年　ルウェイン・ファバードン
二位　第一学年　エミリア
一位　第一学年　レベッカ・スルタルク

第三学年の部が終わった時点で、優勝候補は殿下とオリヴィエと私の兄のヴァンダレイだった。兄は炎のたてがみを持つ馬で行った流鏑馬が見事なものだと大好評を博したらしい。

しかし第一学年の部で状況は変わる。伝承にしかない獣が幻獣となって現れたケースは開校以来数えるほどしかない。それが今年はどうしたというのか、同じ年に九尾と龍の二組が現れて教師もたまげた。より希少なクリスティーナに一位が贈られこの結果となったのだが、多くの人がクリスティーナを認めてくれたのがとても嬉しい。

空席の九位はおそらくキャランのはずだったのだろう。あの事件は内々で処理されてあまり噂にはなっていない。私も彼女の評判が落ちるようなことにはならないでほしいと切に願っている。親衛隊の生徒たちは校内で私やエミリアを見ると頭を深く下げ道を譲る。その中には私とエミリアに嫌がらせをしていた生徒もいた。操られていた間に出した指示に関してキャランから話があったのだろう。そんな生徒を見る度、私とキャランは出会い方が違ったならきっと良い友人になれたたなと思う。

授業が終わってエミリアと話していると、眼鏡が似合う長身の男性がやってきた。

「エミリア！　二位おめでとう！」

「ありがとうございます、ガッド」

彼はガッド・メイセン。私にも軽く頭を下げて挨拶してくれる。普通に見れば『第一学年の同級生』、個人的には『エミリアに恋しているのに全く相手にされていない人』だ。

ここ数日彼の顔はよく見ている。夏季休暇があけてからやたらとエミリアに話しかけているのだ。エミリアは夏季休暇中王都の図書館でたまたま会って話したと言っていた。さほど親しくなったわけではないとも言っていたが、あっちはそうは思ってなさそうだ。

でももしエミリアさえ良いのなら。談笑する二人はなかなかお似合いで絵になっている。彼は攻略対象ではないがかなりの良い男だし、性格も優しそうだ。

そんな二人を見てつい、攻略本で読んだ、殿下と主人公が結ばれるシーンを思い出した。『冬』は『合戦』の後に全校生徒参加の舞踏会が開かれるまでが伝統だ。生徒たちは一年間の互いの健闘を讃え合い、語り尽くして踊り明かす。その場で婚約者である悪役令嬢を断罪し、わだかまりがなくなった殿下は、ダンスの途中で主人公に掠めるようなキスをして、

「これからも、一緒にいるならお前がいい」

こんなふうに伝える。……しまった、腹痛・胸痛・頭痛等々全身の体調が急に悪くなってきた。もう思い出すのはやめよう。

ともかくこの未来を回避するためにも、個人的にガッドくんにはエミリアの迷惑にならない程度に頑張ってもらいたいのだが。

「エミリア、メイセン様のことどう思ってるの？」

「私はレベッカ様一筋です」

即答だった。それも妙に誇らしげである。

攻略本によれば、ガッド・メイセンはまたの名を『サポートキャラ』。主人公と結ばれる運命にはない不憫な男らしい。

私はこれ見よがしに胸を張るエミリアに少し笑ってしまいながら、同時に安心していた。最悪のシナリオにはなり得ないと、どこか油断してしまっていたのだ。

もしもあんなことになると知っていたなら、私はもっと、殿下との時間を大切にしたのに。

6

それはいつもと変わらない、なんの変哲もない一日になるはずの日。

「レベッカ様ぁ、ご相談があるんです！」

「なあに、エミリア」

それを最後に私は言葉を失った。

「私、殿下のことが好きになっちゃいました。レベッカ様の婚約者であることはわかってるんですが……なんとかなりませんか？」

鈍器で殴られたかと思った。そのほうがまだましだとも。

やはりあの日、神殿で、運命は決していた。シナリオからは逃げられないのだ。

私は全てから目を背けて瞼を閉じた。

私と殿下の婚約を解消するに当たって一番のネックは、これが家同士の利害関係による取り決めであることだろう。

そもそも。スルタルク公爵家領は、広すぎる・豊かすぎる・王都から遠すぎる。どうぞ独立しなさいと言わんばかりの三拍子だったから、現国王はその家の娘と自らの息子の婚約を半ば強引に取りつけた。国王の親族になったらさらに力を持ってしまうなどと言っていられる状況ではなかった。王権に依存する形で権力を増すならまだましと判断されたのだ。

スルタルク家もスルタルク家で、痛くない腹を探られるのは煩わしい。父さまは私を可愛がっていたのでかなり渋ったが、王家からの打診を断っては角が立ちすぎる。仕方なく受け入れた。

つまるところ、スルタルク公爵家が独立しないのであればこの婚姻はいらない。殿下には男兄弟がないので後ろ盾が必要というわけでもない。

最近になってゲームの殿下が何を考えていたのかわかるようになった。シナリオで殿下は、王妃・もしくはこの国の重要人物の妻たるエミリアに危害を加えたことを理由にスルタルク公爵家を没落させる。エミリアがそのような地位に上り詰めたのは、愛されていたから、実は歴代最高の治癒魔法の使い手だったから、というだけではおそらくない。そこには政治的理由があった。

愚かなレベッカのせいで扱いづらい公爵家。御しきれないなら、力を削ぐまで。殿下は大きくなりすぎたスルタルクを一度潰して作り直すのにエミリアとレベッカを利用したのだ。

それがわかってしまえばあとは簡単だ。私は翌日から一つずつ行動を起こした。

「申し上げておきますが殿下、たとえ婚約がなくてもスルタルク公爵家に独立の意思はございません」

まずはそれを伝えること。

「エミリアの治癒魔法の腕は類を見ないものです。今度魔力の強さを確かめてみては？」

次にエミリアの有用性を知らせること。

「あら、向こうにいるのはエミリアですね。私は用があるので失礼しますけど、どうぞお二人でお話しされてくださいい」

そして殿下にエミリアの方を向いてもらうこと。

もっと早くにこうすれば良かった。殿下との婚約を円満に解消してしまえば、下手にシナリオを変えようとするより失敗したときのリスクがないではないか。そうだ、遅かれ早かれ起こることだったのだ。

(だめ、お願い、やめて!)

可愛いエミリアのことだから殿下の気持ちもすぐに追いつく。これでエミリアも幸せだ。うん、よかった。

(殿下が私以外を好きになるなんて身を切られるよりつらい)

正式に破談になる前に父に伝えに行かないと。家は兄が継ぐだろうから私はやはり結婚して家を出る必要がある。

(殿下以外と結婚などできるはずもないのに)

ああ。心が言動とのねじれでぐちゃぐちゃだ。そうしたらわかってしまった。理屈をこね、もっともらしいことを言って、結局私は「別れよう」と言われるのが怖かったのだ。あの口で、声で、いつかそんなふうに言われてしまったらと考えるだけで、こんなにも怖い。だから言われる前に自分から逃げた。

初めて会ったとき、私を両腕に抱きとめてくれた彼。誰だかわからなかったのに、何も考えず飛び込んでしまったっけ。手作りのクッキーを「美味(うま)いな」と全部食べてくれた彼。また何か作りますと約束したのに。お風呂上がりの私を見て固まってしまった彼。あのときの表情は今考えると貴重だ。

怒りに我を忘れた私を呼び戻してくれた彼。世界にあなたしかいなくなったかと思った。グルーの背の上で、風に髪をはためかせながら私を振り返る彼。これからは同じように別の誰かを乗せてあげるんだろうか。私とエミリアを助けに来てくれた彼。来てくれたことをもっと喜べばよかった。怪我はないかと心配してくれる彼。しょっちゅう私を心配してくれるのは、実は結構嬉しかった。

最後に、夕焼けを背景に私を優しい目で見つめる彼が脳裏をよぎった。握ってくれた手の温かさも、夕方の王都の匂いも、今でも全部ちゃんと思い出せる。それでもまるで遠い昔のことみたいに思えた。

そのときやっと気がついた。私は殿下に恋をしている。自覚はなかった。初めて出会ったそのときから、息をするよりも自然に、あなたのことが好きだったから。それは私にとってあまりに当たり前の感情すぎて、わざわざ考えたことがなかったのだ。

なんだ。はっきりと言葉にしたことがないのは私もじゃないか。

殿下が好き。一回でもそう伝えればよかった。

気づくと薄暗い道を寮に向かって歩いていた。ぼんやりしすぎだ。最近やりたくないことをやりすぎて疲れきってしまった。もう寝てしまおう。そういえば今朝メリンダがクリスティーナを預かると言って連れて行ってしまったけど、私はそんなに疲れが顔に出ているんだろうか。

ふらつく足を叱咤して寮の自分の部屋までたどり着いた。ドアノブに手をかけ、開いて中に入ってから思った。

あれなんで、鍵がかかってないんだろう。

私の部屋なのに人がいた。薄暗い中明かりもつけず、入り口に呆然として立つ私を見ていた。

群青が、今日も綺麗だと思った。

殿下は私より先に口を開いた。

「レベッカ・スルタルク。お前は誰だ？」

「……え？」

「お前は誰だと聞いている」

「で、殿下？」

殿下は――私を、睨んだ。私の大好きな群青が今だけは深海にも空にも見えない。今はまるで青い炎だ。冷静に見えて、その実私の身体を視線だけで燃やし尽くそうとしているかのように熱い。それを見て困惑が納得に変わった。この人は私の知るいつもの彼ではない。今はそう、激しい怒りを隠そうともしないただの一人の男だ。

「お前は、婚約者だろう、俺の」

近づかれて、その腕に掴まれるのが怖いと思った。思わず一歩後ずさったのはよくなかった。『気に入らない』と、彼の目が言っている。伸びてきた腕が今度こそ私を捉えた。

「あ、わっ」

突然景色が数段高くなって、抱き上げられたのだと気づく。次いで仰向けに寝かされるように下ろされたとき、背中を預けた先は何やら柔らかく。自分のベッドの上だと気づいた。そしてようやくはっきりと身の危険を感じた。彼は私の両側に腕をついて私を見下ろす。

「なぜ俺に他の女を宛てがおうとする？　俺のことが嫌いになったか？」

脳内で危険信号が明滅している。つい体を起こし肘をついて後ろ向きに這いずった。

「逃げ出したいか？」

やっとのことで取った距離は、彼が私にのしかかったことであっという間に詰められてしまう。

「俺が怖いか？」

両手で顔を挟まれ視線を合わさせられる。鼻と鼻がくっつきそうな距離。逃げ場がない。目の前に群青が広がってビクリと震えた。彼はゆっくりと、言い聞かせるように、命令した。

「俺から離れようとするのは許さない。お前が俺を嫌いになろうと、絶対に離してやらない。俺の妃になるのはお前だ。他の誰も決して認めない」

知らず息を呑んだ。その声が懇願するようでもあったからだ。強すぎる怒りをたたえ、青い炎のごとくゆらめいているように見えた群青。そこに同時に一抹の悲しみを見た。

首元に顔を埋められた。殿下はそうして私の体をきつく抱きしめたまま動かなくなってしまった。本当に指くらいしか動かせないが、頭はやっと回り始めた。私を掴んだ腕も、ベッドに下ろしたときの動作も、頬に触れた両の手も。全て壊れ物を扱うみたいに優しかったのに、私はなぜ殿下を別人のように思って怖がってしまったのか。

「殿下は……」

「お前を大切にしようと思っていたのに」

遮るように不穏なことを言われた。気を取り直してもう一度。

「殿下は、『一緒にいるなら私がいい』と、思ってくださっていますか？」

「そんな可愛いものじゃない」

殿下は私の首元から顔を上げた。

「この感情は、そんな可愛いものじゃない」

けど、目が合わない。

「お前に押しつけるには歪すぎるとわかっている。だが俺はお前だけいればいい。お前だけをずっと見てきた。他の誰のことも見るな、他の誰にもお前を見せるな。もしお前が他の男の元へ行こうものなら俺は」

感情の吐露はそこで止まった。私の喉の辺りに注がれていた視線は上がって、

「愛してる、レベッカ」

溢れ出た全ての想いを収束した言葉を、全ての想いを宿した瞳で、言った。

ずっとその言葉が聞きたかった。言語化できない万感の思いは僅かな涙になって目尻に浮かんだ。

殿下がそれに吸いつくみたいにキスを降らせたので、言葉にできない気持ちまで受け取ってもらえたみたいで嬉しかった。

「わたしも、すきです」

心なしか舌ったらずになってしまったのは、本格的に鼻がつんとしてきたせいだ。それに対する殿下の返答は口づけだった。呼吸の仕方がわからなくなったことにまあ何でもいいかと開き直り、上手に呼吸ができるようになって、一周回ってまたわからなくなってしまってもまだ唇が離されない、長い長い一回のキスだった。

ようやく唇が離されて、殿下の腕にすっぽり包み込まれたまま彼の顔を見上げた。彼は横になったままで私を離すそぶりが全くない。外が本格的に暗くなったせいで、もともと薄暗かった室内は今真っ暗だ。殿下はこのままここで眠るつもりなんだろうか。ここは私のベッドだけど。

「殿下」

「なんだ」

「私がよく読んでいる本があるのをご存知ですか」

閉じられていた目が薄く開かれた。群青が少し見下ろすようにして私を見る。小さい声で囁くように言った私に合わせて、いつもより低い、幾分掠れた声が返ってきた。

「……出会う半年ほど前から熱心に何かを読んでいるのを、『窓』からよく見たな」

「中身はご存知ですか？」

「いいや」

「予想はついていらっしゃいますか？」

「ああ」

間を空けず返ってきた返事に少しだけ体を強張らせる。

「お前は時折まるで未来を知っているかのような言動をする。幻獣が現れる前からだから龍の力ではない。あの本が関係あるかもしれないと思ってはいた。……誰かの幻獣の予知能力か何かなのか？」

「……いいえ」

「そうか」

「お聞きにならないんですか？」

「話したいのか？」

「……いいえ、話せるとは思いますが、話したいとは思いません」

「ならいい」

殿下はそう言うとまた目を閉じてしまった。私を抱え直し、心地いい体勢を探して身じろぎする。

完全に寝る前の人間の行動に、目をぱちくりさせたのは私だ。

「……私、殿下に秘密があるんですよ？　悪い女なんです」

「悪い女でも、レベッカなら好きだ」

言葉に詰まる。『悪い』どころか『悪役』という意味だとちゃんとわかっているのだろうか。

「……本当？」

わかっているはずない。だけど聞いた。

「本当だ。この気持ちは何があっても変わらない」

殿下の声は低くて小さい。ここには私たち二人しかいないのに、私たちは二人だけで秘密の話をするみたいに話していた。まるで眠る前のこしょこしょ話だ。子供の頃から、そうやって教えてもらえる話は、内緒の一番本当の話と決まっている。

「もう七年ほど前、毎日退屈していたときがあった。今思えば第一王子としての責任や周りの期待が重荷だった。当時自覚はなかったが……俺は潰れかけていた。一つ下の婚約者を覗き見ようと思い立ったのはそんなときだ。窓を作って見てみると、それは年の割に大人びた少女だった。可愛い子で、周りの全ての人間をその笑顔と明るさで癒していた。毎日時間をかけて綺麗な花を一輪選んで摘んでは母親に渡す優しい子だった。暇さえあれば眺めるようになった。まるで太陽を見つけたみたいな気分だった」

花のことは覚えていた。殿下はそれを見ていたのか。口を挟まずじっと耳を傾けた。

「三ヶ月ほど経ったある日だ。真夜中に彼女を覗いた。課題で遅くなってしまって、寝ている姿を確認したら自分もすぐ寝ようと思ったんだ。そのとき初めて知った。彼女は夜になると一人で泣いていた」

「……」

「寂しかったんだろうな。母は病気になってしまい、兄や父は忙しかった。彼女はわがままを言わず周りに迷惑をかけないようにしようと思えるほど賢かった。だが寂しくて夜泣いてしまうくらいには幼かった。毛布にくるまって声も出さずにぽろぽろ泣き続ける少女をいつまでも見ていた。そして決めた。俺が守ると。結婚して、もう二度と寂しい思いなどさせずに、何よりも大切にしようと」

「……」

「それが毎日を生きる理由になった。魔法も剣も、政治学も帝王学も馬も弓も、使えそうなものは全て身につけた。彼女を守るためだと思えば何も苦しくなかった。学園でも第一学年で三強になれるように努力した。一年後会えたときに、少しでも良く見られたかったんだ。初めて会える日はどうしても我慢できなくて『行事』を放って探しに行ったな。そして会えた。レベッカ、お前に」

「……」

殿下は私の頬にそっと手をやる。額を合わせ、一際優しく言う。

「わかったか？　愛している。きっと、この気持ちの一万分の一も、お前に伝わっていない」

そんなふうに言われても、それでも声が出せなかった。きっと一つ残らず嗚咽に変わってしまうとわかったからだ。本当は「そんなことはない」と言いたい。「痛いくらい伝わっている」、と。胸が、目が、喉が、心が。痛いくらいに。この気持ちを表す言葉が見つからなくて苦しい。この衝動は、この痛いくらいの愛しさは、あと何回「愛してる」を言えば伝わるのだろう。

きっと殿下も今こんな気持ちなのだ。似た者同士の私たちは、お互いにお互いのことが愛しくて愛しくて仕方なくて、言葉にしきれず苦しんでいる。それはまさしく、『伝わっている』ということだ。

いつの日か全てを話したら、彼は一体どんな顔をするのだろうと想像して、私は幸せな気持ちで目を閉じた。

＊＊＊

時は遡って七月中旬、レベッカ・エミリア・メリンダの三名がキューイ子爵邸にて第二回お泊まり女子会を開催したとき。レベッカは完成した美しい花かんむりに満足して、庭の芝生に寝転がりすよすよと健やかな寝息を立てていた。残された二人は額をつき合わせて唸っていた。

「まさかここまでひどいと思ってなかったわね……」

とは蜜のような瞳の少女の言。

「どうしてこうなるんでしょうかね」

とは銀色の髪をした可憐な少女の言だ。

二人は夏季休暇に入る前から、レベッカとルウェインの微妙なすれ違いに感づいていた。大事な親友たるレベッカが、時折不安そうな、物憂げな表情を見せるのを知っていたからだ。

先日、レベッカとルウェインがデートに繰り出したまでは良かった。しかし帰ってきたレベッカに話を聞けば、楽しかったと心から言いつつも、どこかほんの少し浮かない様子。デート『みたい』、恋人同士『みたい』と繰り返すレベッカに、二人はやっと漠然とした違和感の正体に気づいた。

「レベッカ様はどうして根本的なところでご自分に自信がないのでしょうか……」

「さあね。行動で当たり前に伝わっていると思って言葉にしていない殿下も悪いんでしょ」

「それでも今回はレベッカ様に非がありますよねぇ、完全に……」

そして信じられない事実はもう一つあった。「レベッカ様は殿下がお好きなんですよね」と確認した二人に、あろうことかレベッカは「そんなこと考えたこともなかった」とのたまったのだ。あれは照れ隠しなどではなかった。本気でキョトンとしていた。そのとき二人は事態の深刻さに愕然とした。

銀色の少女は少し何かを考え込むようにしてから、一層美しく笑った。

「ちょっとつっついてみましょうか」

「良いけど、私やあなたが殿下に進言したところで、レベッカに伝われば『好きだと言えと言われたから言ってくれた』としか思われないわよ。もっと心から、殿下が自分をどう思っているか、自分が殿下をどう思っているかを思い知らせないと」

「私もそう思います。ちょっと頑張ってみましょう。でもレベッカ様は絶対に傷つかないようにしたいですね。泣かせてしまったりしたら『腹切り』する他ないですから」

「何その危ない思想？」

二人はそれから作戦会議を行い、「良い案かもしれないが王太子に睨まれたくない」と言った子爵令嬢のメリンダではなく、「極刑にでもされない限り王子など怖くない」と言い切ったエミリアがその任に就いた。

『王子を好きになってしまったので、私は平民ですが、婚約を解消して彼を私にください』

それは、本来なら冗談にも取ってもらえないようなただの戯言。百人いれば九十九人が――レベッカ以外の全員が、真面目に取り合わないであろう荒唐無稽なお願い。

エミリアがなんか変なこと言いだして、友達だからちょっと真面目に考えてあげたら、殿下を取られるのが嫌だと気づいて、私殿下のこと好きなんだーってなって、殿下は殿下でそんな婚約者の様子に気づいて、ちゃんと「好きだ」って伝えてはいハッピーエンド。

エミリアとメリンダが期待したのはその程度の展開だ。

しかし二人は知らなかった。レベッカだけは、その嘘みたいなお願いの内容が、現実に可能だと知っていることを。レベッカにとってエミリアだけは、心のどこかで敵わないと負けを認めてしまっている相手だということを。

だから二人は夢にも思わなかった。エミリアから相談を受けたレベッカが、まさか本気でルウェインとエミリアの仲を取り持って身を引こうとするなんて、本当に、夢にも思わなかったのだ。

「エミリア！　私を謀ったのですってね！」

事情をメリンダから聞いた後、レベッカは珍しく怒りを露わにエミリアを問い詰めた。

「私、本気で応援しようとしたんだから！」

「すみません……。でも、でも、結果うまくいってよかったですぅ」

エミリアはへにゃりと笑った。レベッカはそれが可愛かったので許そうかと思ったが、しかしやっぱり腹の虫が治まらず三日間口を利かないと宣言した。エミリアは一日もしないうちに音をあげ、メリンダを通し泣きついてきたので、レベッカはやっと溜飲を下げたのだった。

7

『夏』と『秋』は間隔が狭い。『夏』が晩夏に行われることに加え、『冬』が行事の中でも最も大がかりで準備期間が長いので、『秋』が前倒しになるためだ。今から一ヶ月後の十月中旬が『秋』。その名も『魔法研究発表会』だ。概要の説明は不要だろう、名は体を表す。芸術の秋、学問の秋。行事の中で最も文化的なのが『秋』なのだ。

『秋』は事前に選抜がある。三学年合同で二十人が発表の権利を得る。選抜まであと三週間。周りをあっと驚かせる魔法をいかに開発するか、腕の見せ所である。ちなみに私に見せる腕はない。魔法は苦手分野だ。『秋』は最初から諦めていた、のだが。クリスティーナが状況を変えた。クリスティーナが内包する膨大な魔力を利用すれば、もしかしたらどうにかなるかもしれない。

どうしようかなあ。一人教室で考え込んでいた。机に薄いピンクの蝶がとまっている。指を出したらとまってくれた。体の中がざわりと震えたのはそのときだ。

「やだ、あなたどこの子？」

それは色濃い他人の気配。間違いない。この蝶、幻獣だ。わざわざ接触してきたのだから主人は私に用があるのだろう。蝶はふわふわ飛んで教室を出て行こうとする。席を立って後を追った。蝶を追いかけるのは六歳で卒業したつもりでいたのに。

そのまま裏庭に出ると、少し涼しい風が吹く中、一人の令嬢がベンチに腰掛けて私を見ていた。完璧な角度で揃えられた爪先、膝で重ねられた白魚の手。ただの座り姿でも圧巻の令嬢力である。こちらも姿勢を正さずにはいられない。そういえば蝶は彼女の幻獣だった。

「御機嫌よう。お呼び立てして申し訳ありません。少しお話しがしたかったの」

相手はすっと立ち上がった。

「セクティアラ・ゾフと申します」

『三強』の名を冠する彼女はどこまでも礼儀正しい。そんな彼女に心からの敬意を表し、私も頭を下げる。

「存じ上げております、ゾフ様。レベッカ・スルタルクと申します」

私は彼女に対して個人的に思うところがある。彼女はゾフ侯爵家の娘。実は彼女こそ、ゲームでスルタルク公爵家が没落した後、兄が婿入りした先。シナリオで彼女は兄の婚約者だったのだ。しかし今その婚約関係はない。どちらも誰とも婚約していないのが現状だ。

顔を上げて相手の表情をうかがった。ゲームでは特に内面に言及がなかった彼女。今何を考えているのだろう。

「単刀直入に申し上げますね……一ヶ月後に『秋』があるでしょう」

「はい」

「私と勝負を致しませんか」

え？　ぱちりと瞬きをした。

「私の愛しい人は、私ではなくあなたを大切に思っていらっしゃいます。私との勝負を受けてくださいませんか。そして私が勝った暁には、その方と婚約を結ぶのに協力していただきたいのです」

「愛しい方とはどなたでしょう。差し支えなければ教えていただきたいです」

「ルウェイン殿下でないことはお約束致します」

「よし来た」

「え？」

私は淑女を脱ぎ捨てて拳を握り込んだ。

「お任せください。あなた様のためなら、たとえ火の中、水の中。勝負をしてからと言わず、今すぐにでもお手伝い致しましょう」

「え？　え？」

セクティアラは、いやセクティアラ様は混乱している。それもそのはず。話を持ちかけた直後相手が突然はちゃめちゃにやる気を出したのだからついていけないのも無理ない。

しかし私はもう決めた。口元に片手を当てているセクティアラ様。猫を思わせるぱっちりしたお目々が少しだけ不安に揺れている。波打つ髪は、光輝くような殿下の金とはまた違った金色で、秋の恵みたる稲穂を連想させた。全体的に小柄でどこか小動物を思わせるが、振る舞いは洗練されて美しい。

そんなご令嬢が、毅然とした態度で、しかし同時に隠しきれない羞恥に頬を染めて、愛しい人への気持ちを語ってきたのだ。

なんと可愛らしい！

私はこの数分間のやり取りだけで彼女につくことを決めた。彼女の心を射止めたのは一体どこのラッキーな殿方だ。

「教えてくださいませ。愛しい方とはどなたです？」

どうか教えてほしいと、心を込めて聞く。逡巡の後、桜色の唇がその名前を呼んだ。その直後、私は顔が引きつるのを止められなかった。

「ヴァンダレイ・スルタルク様です……」

兄さま！

しまった、少し考えればわかることだった。ゲームでも主人公が兄と結ばれるルート以外では愛のある結婚だったのかもしれない。兄とはかれこれ五年以上顔を合わせていないのだが、このような方に好いてもらえる男になったのか。それにしてもまずい。私は兄を相手にどう協力できるだろう。

というか、あれ？

「お姉様、先ほど兄が私を大切に思っていると仰いましたか？」

「おね……？　えっと、はい」

「どういうことでしょう？」

尋ねたらセクティアラ様の顔が曇ってしまった。

「ヴァンダレイ様は以前から、婚約のお話は全て『妹が一人前になるまで妻をめとるつもりはない』と断られている、と伺って……」

「それでしたら大丈夫です。父が考えた方便です」

それは縁談が煩わしくなったらこう言えばいいんだよと父が兄に教えたものだ。父子家庭という事情を持ち出されて、常識のある人間なら引かざるを得なくなる。一応私を引き合いに出すからと前に父がわざわざ教えてくれた。

兄が今それを使っているのだとしても、学園での生活や公爵家を継ぐための仕事で忙しく結婚はまだいいと思っているだけだろう。ゾフ侯爵家の娘と結婚する旨味（うまみ）を伝えてアピールすれば普通に目を向けてくれるはずだ。それか私が父に頼めばことはもっと簡単に運ぶだろう。なんていったって、ゲームでは結婚までいっているのだから。

「ですがレベッカ様」

「レベッカとお呼びください」

「レ、レベッカ、私は彼と婚約する権利を自分の手で勝ち取りたいのです。あなたの協力を得るのも、ご厚意に甘えるだけでは嫌なのです。『秋』での勝負は受けていただきたいわ」

彼女は可愛らしく上品でいじらしいだけでなく誠実さと気高い心をも併せ持っているらしい。

「承りました」

二つ返事だった。

勝負を受けた以上選抜にすら残らなかったらスルタルクの名が廃る。根を詰めて準備をした結果、私は見事二十人の選抜入りを果たした。セクティアラ様や殿下はもちろん、エミリアやメリンダの名前もあった。メリンダはやれば優秀なのだ。気が向かないからやらないだけで。

他に知人では兄やオリヴィエ、フリードなど。第一学年ではランスロットやガッド・メイセンも選抜組に名を連ねていた。

今回は三強の在校生四人全員が選抜入りを果たしているが、彼らにも得意分野と苦手分野がある。セクティアラ様は知力に長け、幻獣も強力だが、フィジカルは強くない。純粋な戦闘では分が悪い。オリヴィエは逆で、武力に突出し幻獣も戦いに向いている。だが賢さは他の三強に比べれば劣るし、今回の『研究』などはあまり得意ではないはずだ。ルウェイン殿下は全ての分野をトップクラスにこなす。特に魔法は彼の独壇場。『秋』の優勝候補筆頭だ。ヴァンダレイも全てが高水準のオールラウンダーだが、彼の場合は特に『冬』での活躍が期待される。彼の愛馬と剣の腕が『合戦』で強力な力を発揮するためである。

『秋』で四人の発表を聞くのが楽しみだ、楽しみなのだが。

くじで決まった順番はセクティアラ様、殿下、私と続き、四番目はエミリアだった。

寮の自分の部屋に帰ると、ペラペラと攻略本をめくった。手に取るのは久しぶりだった。母さまを思い出し胸が痛い。

『秋』のページを開く。そこには当日何が起こるかが詳細に書いてある。母の字を指でなぞった。

「……『オウカ襲撃事件』」

ゲームのファンは『秋』をこのように呼ぶらしい。

「『発表中主人公の様子がおかしくなる。オウカの魔法で操られた主人公は研究の成果である高度な治癒魔法をオウカに使ってしまう。オウカは体を復活させるきっかけを得、すぐに姿を消し、魔法研究発表会は中止となる』、か……」

実は今回、エミリアの研究をかなり手伝った。エミリアの扱う治癒魔法という分野は他の分野に比べ遅れている。魔法使いの絶対数が少ないせいだ。だから治癒魔法は今まで、怪我や病気を治せても重症・重病を完治させることはできないとされてきた。

しかしエミリアに限り、治すだけの魔力はある。なんといっても歴代最高だ。

問題はそのやり方だった。治癒魔法は相手の自然治癒力を極限まで高める魔法だ。よって完全に失われた組織を復活させるには工夫が必要となる。

そこでエミリアは、自分の魔力を具現化し、壊れた細胞や組織の代わりとして間を埋めようと考えた。

これが今回のエミリアの研究であり、オウカが狙うものだ。エミリアから魔力を受け取ったオウカは、自分の魔力をかけ合わせてその効果を限りなく増幅させ、なんと自分の体をまるごと作ってしまうのだ。そして精神体を石から体に移すことに成功、復活し、満を持して『冬』を迎える。

このことがわかっている私はエミリアの研究を止めるべきだったのだろうが、それはどうしても忍びなかったし、何よりこの研究には計り知れない価値がある。きっとこの先、誰かの大切な人を救うことになる。だから私は当日エミリアのポケットにクリスティーナを忍ばせるにとどめることにした。

それにしてもオウカはどこから情報を入手しているのだろう。現時点でエミリアの研究の内容を知っているのは、私とメリンダ、それに四月から私たちによく話しかけてくるフランスロットだけだ。

生徒から情報が漏れているわけではないのだろう。夏のイベントでの発言を鑑みても、何か特殊な情報源があるのは確かだ。

そうして、少しだけ肌寒くなった頃、私たちの『秋』が始まった。

いつも行事の説明を受けてきた講堂。『秋』に限りここが会場となる。壇上下手には学園長を含む審査員五名。壇上上手には選ばれた二十人。残る全校生徒はお行儀よく座り、発表に耳を傾ける。

発表者は発表順に座っているので私は殿下の隣だ。「寒くないか」、「手は冷たくないか」と上着やらなんやらを被せられた。「あれ、私熱とかあるんだっけ？」と思わずにはいられない過保護ぶりである。

一番手、セクティアラ様の研究は素晴らしいの一言に尽きた。

遠距離通信における現在の最先端技術であるクリスタルを応用した人間自体の呼び出し。クリスタルを媒介とし座標を固定することで安全性を追求・易化に成功した。言うなれば転送魔法の安心簡単版だ。扱いにくささえ克服すればこの国の転送魔法のあり方が大きく変わるだろう。

二番手は殿下。殿下は去年から、『魔法でできることを増やす』を通底のテーマに据えている。

百もの分身を生み出す能力を持った、彼女の幻獣である蝶から着想を得たということだ。

今年はなんと、水の魔法に火の魔法と自然系魔法を組み合わせることでごく簡単な治癒魔法を再現することに成功した。これは激震だった。生得の才がなければ無理だと言われていた治癒魔法を、高水準の魔法の才能が求められるとはいえ、他の人間も使えるようにしたのだ。

誰よりも魔法に精通し潤沢な種類と量の魔力を持っている殿下だからできたことだ。質は本物の治癒魔法使いに劣るにしても、殿下はその有り余る才気を見せつけたと言っていいだろう。

そして次は私の番である。私は何を研究するかかなり迷った。だって私はクリスティーナの力を借りなければ何もできないのだ。

そこで開き直って、『クリスティーナの力をいかに使うか』を研究テーマにすることにした。

私たちは皆幻獣の力を借りるが、それはあくまで借りているだけ。厳密には自分の力ではない。しかし私とクリスティーナの絆が伝説の龍が生まれてくるほど強いなら、魔力を本当に私のものにする、つまりクリスティーナと魔力の共有を行うことができないものかと思った。

殿下と同じく、三年間をかけこの研究を続けようと思っている。今年は初歩的な魔法をクリスティーナの力を借りて使うことに成功した。クリスティーナが龍の姿に覚醒して、私の体に触れているときのみ、という条件付きだ。クリスティーナの全魔力がいきなり私の体に流れ込んだら最悪体が爆発するので、巨大なタンクに小さな蛇口をつけ、ちょろちょろと出して使っているようなイメージだ。

それでも今までになかった試みなので、審査員の反応はなかなかだったように思う。

「ああ、緊張した」

割れんばかりの拍手の中、私の独り言に律儀に返答したのは次の発表者エミリアだ。「ご立派でした」と言ってくれた。「ありがとう、エミリアも頑張ってね」と返しつつ、クリスティーナがエミリアの上着の下に滑り込むのを確認する。

「皆さんご機嫌よう。第一学年のエミリアです。早速ですが、私の研究は――」

オウカ、いつでも来い。

そんなふうに構えていた私は時計の針が進むにつれ戸惑いを隠せなくなった。

オウカが来ない。何も起こらない。そのまま発表が進んでいく。

ついに「ご静聴ありがとうございました」との声が聞こえ、盛況のままエミリアの発表が終わった。

そして次が始まり、その次も。

オウカは、『秋』に現れなかった。

8

何事もなく貼り出された結果を不思議な思いで眺める。シナリオでは途中で中止になったので攻略本には載っていなかった。

十位　第三学年　オリヴィエ・マーク
九位　第一学年　メリンダ・キューイ
八位　第二学年　キャラン・ゴウデス
七位　第三学年　ヴァンダレイ・スルタルク
六位　第一学年　ランスロット・チャリティ
五位　第一学年　レベッカ・スルタルク
四位　第一学年　エミリア
三位　第二学年　オズワルド・セデン
二位　第三学年　セクティアラ・ゾフ
一位　第二学年　ルウェイン・フアバードン

オウカはどうしたというのだろう。体を治したいと思っていないのか、そもそもエミリアの研究のことを知らなかったのか。狐につままれたような気分だ。

結果に喜んでハグしようとしてきたランスロットをサッと躱す。駆けつけたエミリアがさつまいもを握り潰して威嚇するのを「どうどう」と止める。

先日、見事私に勝利したセクティアラ様のため、私は父に手紙を書いてセクティアラ様と会う時間を作ってもらった。非の打ちどころのない彼女を父も気に入ったらしい。正式な発表はまだだがほぼ婚約者に内定だそうだ。

セクティアラ様はその後兄とも顔を合わせたらしく、私に手紙のお礼を言う際、頬を染めてそのときのことを話していらっしゃった。

「セクティアラ様ったら可愛らしい……」

「レベッカ様はゾフ様のことがお好きなんですか？」

セクティアラ様のことを思い出して唸っていたら、エミリアはなぜかさつまいもを買い直してきた。食材のチョイスに秋を感じる。しかしセクティアラ様を威嚇するつもりなら切実にやめてほしいし、それよりせっかくなら焼き芋が食べたい。なのでちゃんと言っておく。

「エミリアのほうが好きよ」

やった！　と人目を憚らず声をあげたエミリアが可愛い。機嫌を直してくれてよかった。

二人で寮に戻ろうとしたとき、バサバサという派手な音がした。

「ひえ」

目の前に現れたのは大きなカラスだ。驚いて変な声が出てしまった。だって、大きさが通常の三倍はある。黒々とした羽が日を浴びてつやつや光り、クチバシは私を食い殺せそうなほど鋭利だ。しかし同時に途方もなく理知的だった。

幻獣だろう。でも誰の？

攻略本を頭の中でめくり、「ああ」と思い当たってカラスに近づいた。黒い瞳が私を見つめている。舐められないよう見つめ返した。横を行く男子生徒たちの不審な視線を受け止めつつ十数秒ほどその状態を続けた頃、カラスは一枚の紙を取り出し、飛び去っていった。

『レベッカ嬢へ　殿下　風邪　看病して差し上げろ　フリード・ネヘル』

紙、もといフリードからの短すぎる手紙を見て私は小さく声を出した。

「『季節の変わり目・風邪看病イベント』！」

風邪看病イベント――それは学園での風邪大流行に端を発する。あっちで咳が聞こえ、その隣で誰かがくしゃみをし、その向こうで人が発熱により倒れる。今一番倒れたいのは養護教諭で間違いない。そんなてんてこまいの養護教諭の手伝いで、治癒魔法使いである主人公に攻略対象の看病の任が回ってくるのだ。『冬』に気を取られすぎて完全に失念していた。レベッカは一切登場しないはずだったのでそれで良かったのだが、シナリオ通りでない展開にはもはや慣れた。

私は渋るエミリアと別れ男子寮に向かった。職員に声をかけ、殿下の部屋の場所を教えてもらう。扉の前まで来ると一度立ち止まった。

深く息を吸う。吐く。吸う。吐く。ドアノブを回した。

「失礼します。レベッカです」

扉に鍵がかっていないのは察せられた。あの無口な従者が主人に気を遣ったのだろう。中に入ると、しんとして返事はない。けれど人の気配はする。心持ち静かに靴を脱いで上がった。

奥の寝室の扉を開けると、ふわりと殿下の匂いが――したかもしれないが、気づかなかったことにした。いつだったか殿下に抱きしめられたときのことを思い出――してない。おっほん、断固、ない。

殿下はベッドで眠っていた。ぴたりと閉じられた目と口。額が少しだけ汗ばんでいる。布団は規則正しく上下しているものの、少し息苦しそうで胸が痛――みそうだったので自分で掴んで落ち着かせた。

あまり勝手に見ないようにして静かに扉を閉めた。そのままキッチンに入る。頼まれて来たんだし勝手に使っても多分大丈夫だろう。

食材を探し始め、粥を作れそうなことに安堵した。手際よく調理を始める。料理という貴族令嬢らしからぬ特技があるのは、小さい頃から母が教えてくれていたからだ。

攻略本によると、主人公は攻略対象に治癒魔法を使う。そして一日中彼の手を握ってそばにいてあげるという『甘々イベント』である。看病の役目が回ってくる時点で好感度はかなり高いといえ、発生率の低いイベントだと書いてあったのを思い出した。

つまり、殿下の私への好感度はなかなか高――いのかもしれないが、それは今置いておこう。そもそも私は婚約者なのだから、こういうときに仕えるのも義務の一つである。

これは義務、ただの仕事。心の中で呟いて気持ちを鎮める。再び深く息を吸う。吐く。吸う。吐く。ともかく、私はエミリアではないので治癒魔法の代わりに普通に看病するしかない。

だけど一つ考えていることがある。これがゲームのイベントで殿下が攻略対象である以上、攻略本に則って会話を進めれば好感度が上がるのでは、ということだ。上げられるものなら上げたいというのが本音だ。

攻略本をポケットから取り出した。最近はいつも持ち歩いている。今回のイベントは前に軽く目を通しただけなのできちんと確認したい。

目次の『風邪看病イベント』を参照し、一番好感度が上がる選択肢を目で追う。

『エミリア？』

『養護の先生に頼まれまして、看病に伺いました。あの、勝手してしまってごめんなさい』

『いいや……礼を言う』

『どういたしまして！　殿下、体調はどうでしょうか？』

「……うっ」

まだ読み始めたばかりなのに気分が悪くなった。自分の婚約者と親友の仲睦まじい会話を熟読するのは精神衛生上よろしくない。

私は一旦攻略本をしまって鍋を火から下ろし、味つけをした。出来上がった粥を味見して、つい顔を綻ばせ、

「うん、おいしい」

「これは夢か？」

文字通り飛び上がった。

「で、殿下！」

バクバクする心臓を抑えて台所の入り口に目をやる。いつの間に起きたのか彼はそこにしっかりと立っており、こちらを見ていた。顔色も普通だ。体調は思ったより悪くないのかもしれない。良かった、ほっとした。

「ネヘル様に頼まれまして、看病に伺いました。あの、勝手してしまってごめんなさい」

一語一句間違えずに暗誦(あんしょう)した。胸がドキドキする。攻略本をこんな用途で使うのは初めてだ。しかし返事がない。殿下はじっとこちらを見つめたまま動かない。

私は首を傾(かし)げた。そんなに見つめられると、何かおかしかったかと不安になる。

「あの、殿下……？」

何より、殿下の格好が。頬が赤くなってしまった気がして目をそらした。いつもと違ってクシャッと崩れた髪とか、第三ボタンまで開いたラフなシャツとか、そこから覗(のぞ)く逞(たくま)しい体とか、滝のように流れる汗とか――――汗？

殿下はいつまで経(た)っても「いいや……礼を言う」と言ってくれない。代わりにゆらりと一歩踏み出し、私に向かって腕を伸ばした。そして次の瞬間、すごい音をさせて床と一緒になった。

床と一緒に、って待って違うこれは、倒れた!?

「殿下！　顔に出ないタイプですか!?」

慌てて肩を貸して立ち上がらせる。触った腕が熱すぎてこちらが目眩がしてくる。風邪だ。もう本当に風邪だ。頼むから最初からもっと風邪っぽい顔をしていてほしい！

非力な私による長身男性の運搬は難航し、やっとのことで殿下をベッドに運ぶことができた。というより正確には、一緒にベッドに倒れ込んだ。

ふう、やり遂げた。達成感すら感じつつベッドからどこうとした私を、むしろ意識的に他のことを考えないようにしていた私を、お腹に回された腕が邪魔した。

「!?」

引き寄せるように後ろから抱きしめられる。顔に熱が集まった。必死に逃げ出そうとしてもお腹がホールドされていてびくともしないし、それでも逃げようとしたら脚まで絡みついてきた。

まずい。まずい。まずい！　そのとき、ずっと懸命に殺していた感情が私の中で炸裂した。

は、はははははは恥ずかしい！

婚約者だから看病ってなんだ。こっちは初めて殿下の部屋に入るんだ。好きな人と彼の部屋で二人きりって、どんな顔で看病しろっていうんだ。わからなさすぎて柄にもなく主人公の真似事までした。シナリオをなぞればうまくいくんじゃないかと思ったのだ。

それなのにもう、すごい！　何一つ攻略本通りに進まない！

ともすれば叫び出しそうなほどの羞恥で頭がいっぱいになる。が、急に現実に引き戻された。

熱い息が、背後から私の耳にかけられたのだ。さらなる羞恥に身を震わせる。声も出せず耳を押さえ、あわあわと振り向いた。そしてそれが失敗だったと悟った。彼は流れるような動作で私を仰向けにひっくり返し、私の手首をベッドに縫いつけて覆いかぶさった。

下から見上げた彼の瞳の中に、飢えた獣のごとくギラギラしたものを見て目を瞠った。

「レベッカ」

唇が彼のそれで塞がれた。

熱い。吐息と瞳が、体温よりも、火傷しそうなくらいに。

「レベッカ」

彼は私に覆いかぶさったまま、硬直した私をあやすように、頬に、瞼に、額に、丁寧にキスしていき、また熱っぽく私を呼んで、

「レベッカ」

笑った。この世で一番愛しい。そう言われているのかと思った。

殿下。私の返事は彼の口の中に消えていった。再び落ちてきた口づけをぎこちなく受け入れると、手首から手が離され、代わりに一度ぎゅっと抱きしめられた。体中彼の匂いに包まれてくらくらする。

彼は私の後頭部を片手で支え、私と自分の隙間を一切なくすようにして何度もキスをした。

「レベッカ、可愛い」

その瞬間、頬がカッと熱くなり、心臓が一際大きな音で鳴った。今、なんて言われた？

しかし、彼が一度唇を離し、今度は熱い何かが唇を割って私の口内に入ってきたそのとき——

「クククリスティーナ、クリスティーナ——！」

ポケットで眠っていた私の幻獣。名前を呼んだ主人に応え、全身から光を発した。目を開けていられないほどのまばゆい輝きに殿下が呻いた隙を狙い、転がるようにベッドから出て一目散に駆け出した。男子寮を出て女子寮の自分の部屋に着くまで走り続けた。

部屋に入って扉を閉める。ずるずるしゃがみ込んだ私をクリスティーナだけが心配していた。荒い息と熱い顔は、しばらく落ち着かなかった。

朝も早いというのに、部屋の扉が無遠慮に叩かれている。

「レベッカ様ぁ。エミリアですぅ。開けてくださーい」

申し訳ないがそれはできない。開けたくないわけじゃないが、開けられない。私にできるのは、脳筋な友人が腕力にものを言わせる前に早く帰りますようにと願うことだけだ。

「昨日は殿下を看病されたそうじゃないですか。実は私も風邪を引いちゃったんです。レベッカ様に看病していただこうと思って来ちゃいましたぁ」

いやほんとに帰って。ここまで来てそれだけ騒げる人間は決して風邪などではない。本当の風邪というのはもっと恐ろしい。

「あれ……？　レベッカ様中で倒れていらっしゃったりしませんよね。心配になって来ました、実力行使に出ますね」

バキィと派手な音がしたのをベッドの中で聞いていた。パタパタと音がして顔を覗かせたエミリア

は、身につけていたマスクと分厚い上着をいい笑顔で脱ぎ捨て、

「レベッカ様のお顔を見たら私の風邪は吹き飛んじゃいました。治癒魔法をかけて一日中手を握ってそばにいて差し上げますから、安心してくださいね」

ベッドで咳き込み喉を枯らした私に、そう言った。


翌日の朝のことだ。有言実行のエミリアのおかげで全快した私は、校舎の食堂でばったり殿下に会った。彼は何か言おうと口を開きかけ、私は踵を返してそこから逃げ出した。なぜだか今は顔を合わせたくなかった。

「レベッカ、待ってくれ」

待てと言われると不思議なことに足は自然と速くなる。急ぎ足になり、早足になり、あっという間に駆け足になった。殿下は逃げる婦女子を追いかけたりしないはずだ。紳士だからだ。婚約者をベッドに連れ込んでキスはするが、紳士なので。

案の定殿下は追いかけてこない。代わりに会えば必ず声をかけてくる。眉を下げて、他の人に向ける仏頂面が嘘かと思うほど色んな感情をのせて。

次の日殿下が女子寮の前で私を待っていたので、私は一階の窓から寮に出入りするようになった。

一階の部屋の主たちは事情も聞かず快く窓を貸してくれた。心なしか生温かい目で見られている気がして少し気になるが、話がわかる人たちで本当に助かる。エミリアはよく一緒に窓を跨ぎながら

「『スパイ映画』みたい」とよくわからないことを言って大層楽しそうにしていた。

そんなふうにして三日が過ぎた。その日の殿下はしつこかった。一度強引にでも話し合う必要を感じたのだろう。実のところ私も感じている。殿下の顔を見ると、足が勝手に逃げていくだけで。

「はあ、はあ」

先ほど、相手に気づいたのは私が先だった。遠くに殿下を見つけたのでそっとその場を離れた。振り返ったら殿下がこちらに向かってきていて、焦って人のいないほうに走ってしまったのは私の落度だ。

たどり着いたのは普段はあまり使われていない講堂。とりあえず中に入ってしまおう、一旦でも殿下をまきたい。

とまあ急いでいたせいで中を確認しなかった。だからって、後ろ手に扉を閉めると同時に他人の胸板に鼻をぶつけるなんて、誰が予想できるだろうか。

「っ！」

「うわっ、ごめんよ大丈夫？」

その硬い胸板は見たことがない男子生徒のものだった。深い森のような髪と瞳。年上のお姉様方に人気のありそうな可愛い系の顔立ちと、逞しい体を併せ持った、紛うことなきイケメンだ。

あれ？　やっぱり見覚えがある気がしてきた。どこで見たんだっけ。

まじまじと相手を見ていたら思考が驚きに霧散した。彼が私の目元にそっと触れてきたのだ。

「泣いているの？　誰かにいじめられたのなら僕に話してごらん。力になれるかもしれない」

涙目になっている自覚はある。今さっきあなたの鉄壁の胸板、略して鉄板に鼻をぶつけたので。

この人から距離を取ったほうがいいんだろうか。鼻をさすりながら少し考えたけどやめた。

彼は純粋に心配してくれているだけだ。表情からそうわかるし、ポケットのクリスティーナも大人しくしている。これはただの親切な人である。

「ご親切にどうもありがとうございます。でも大丈夫なので――」

ご心配なく。そう続けようとした私の頭に、攻略本の一節が降りてきた。

『泣いているの？　誰かにいじめられたのなら僕に話してごらん。力になれるかもしれない』

『いいえ、あの、ご親切にどうも……でも大丈夫なので！　ご心配なく』

『いいや、泣いている女性を放っておいては男が廃る。そこに座って。僕はオズワルド・セデンという。少し話をしよう』

これは主人公が本来四月に終わらせるはずの出会いイベント。

そして彼こそは、五高が一人にして最後の攻略対象、オズワルド・セデン！

入学してからというもの度々名前を目にしていた彼。攻略本には、

攻略対象、五高、第二学年、深緑の髪、幻獣は土竜、備考：次期三強との呼び声が高い

とあったような。この前発表会で見たのに、研究ばかりに目が行ってちゃんと顔を見ていなかったようだ。武器に付加する補助魔法の組み合わせと効果の研究、とても興味深かったです。完成度が高

く私より評価が高いのも納得の研究だった。

オズワルドは確か、穏やかで優しいが実は強い正義感を持った人だ。第一学年に妹もいる。講堂でよく日向ぼっこをしている猫に餌をやるべくここに通っている。四月、エミリアがレベッカに嫌味を言われた後『講堂に行く』を選択すると彼に出会える。私はそもそも嫌味を言っていない。

「でも大丈夫なので――――いいえ、大丈夫じゃないです、あなたの鉄板にぶつけた鼻が痛いです」

とっちらかった思考を経て、結局私にできたのは正直でいることぐらいだった。彼は「それはすまなかった」と言って心配そうに私の鼻の頭に軽く触れた。

吹き飛びそうな勢いで扉が開いて殿下が入ってきたのはちょうどその瞬間のことだった。

「オズワルド……釈明があるなら聞くが」

地を這(は)うような低い声。これが魔王ですと言っても信じる人間は多いに違いない。少なくとも私は、これは私をオズワルドから隠すように抱きしめる婚約者の声ですと言われても信じない。

「えっ？　……あ、しまった！　ルウェイン、スルタルクのご令嬢は君の婚約者か！」

オズワルドは慌てているようだ。何もなかったと私からも言うべきだろうか。首だけをやっとの思いでぐぐと回すと、オズワルドは体を九十度に曲げて頭を下げていた。

「許してくれ。君の婚約者だと気づいていなかった。邪(よこしま)な気持ちを抱いていたのではないと誓う。すまなかった。信じてくれ」

私はまた首だけを動かし、私を固く抱きしめている殿下を見上げる。巻き込んで謝らせてしまって申し訳ないと思ったのだ。殿下は表情なくオズワルドの頭を見下ろしていたが、私と視線を合わせて少しした後、諦めたように息をついた。

「わかった。顔を上げてくれオズワルド。お前じゃなかったら何を白々しいと叩き切っていたかもな」

物騒な言葉に驚愕(きょうがく)した私を見て、殿下はとってつけたように「冗談だ」と言った。

オズワルドがありがとうと手を振りつつ出て行っても、私はまだ殿下に抱きしめられたままだった。ここ最近接触が多くて困る。二人きりになったらまた逃げ出したくなってきた。

「なんで逃げる」

殿下はそう言って私の肩に顔を埋める。柔らかい金髪が首に当たってくすぐったい。子供みたいにすねる彼を可愛いと思ったことを素直に認めよう。

「恥ずかしかったので」

とどのつまりそれに尽きる。他に特に意味はない。殿下にされたことが嫌だったわけじゃない。そのことが伝わればいいと思って抱きしめ返した。

「……そうか。俺は」

私の腰に殿下の腕が回った。

「粥が美味(うま)かった。ありがとうと伝えたくて」

ああ、あの粥。どうなっただろうと思っていた。食べてくれたんだ、嬉(うれ)しい！

感極まって思わず彼の頬に唇を寄せる。続けて「治って良かった」と言おうとしたのに、耳元で囁(ささや)かれたせいでそれはできなかった。

「だがその気持ちがどこかに行きそうになったな、ここに男と二人でいるお前を見つけたときは」

……あれ。流れが不穏だ。ごくりと言葉を飲み込んだ。殿下は私の耳にお返しとばかりにキスをして、ゆるく笑う。

「愛してる、レベッカ。こんな言葉じゃ足りないほど。次に同じようなことをしたらもう外には出られないと思ってくれ」

私はコクコク頷いた。そうしないと今すぐにでもお仕置きが実行されると悟ったことによる、戦略的敗北であったことをここに明記しておく。

『冬』の準備はもう始まっている。『秋』が終わってすぐに学園長からの説明があって、きたる『合戦』に向けてそれぞれに動き出した。

だが十一月の終わりといえばもう一つやらなければならないことがある。半月後、冬季休暇の直前にある試験に向け、また勉強開始である。私は今回もエミリアに勉強を教えるつもりだ。自分が抜かされないよう気を引き締めて臨む。

「今回は私もベスト3入りを目指すわよ」

そう意気込んだのはメリンダだ。どういう心境の変化かと思ったら、

「もしあなたたちが三強に選ばれたとき、私がなんでもなかったら格好悪いじゃない」

とのことだ。なるほど、確かにメリンダは五高が射程圏内だ。『春』は二十位、『夏』は十二位だっ

たと言っていた。ゲームでは名前が出てこなかったが、それは先日九位だった『秋』がオウカの襲撃で流れたせいだろう。

というわけで放課後は三人で勉強する。ある日そこにランスロットがやってきた。スキップしそうな勢いだが何か良いことでもあったのだろうか。爽やか元放蕩の彼は最近宰相である父親の仕事をよく手伝っていると評判だ。

彼はひょこひょこ近づいてくるなり、私の手をとって跪いた。満面の笑みである。

「レベッカ嬢！　僕にも勉強を教えてもらえませんか？」

そしてまた変なことを言い出した。手にキスされそうだったのでぴしゃりと叩く。

前から思っていたが、彼のこの活力はどこから湧いてくるのだろう。メリンダもため息をついている。エミリアの威嚇がものともされていない。慣れてしまったのだろう。するとエミリアは何を思ったか遠くで遊んでいた九尾を呼んだ。その最終手段はランスロットの命に関わるのではないだろうか。

そのとき向こうから殿下が歩いてきた。嬉しくなって自然と笑顔を向けたのだが、彼が唇の動きだけで伝えてきたのはこんな言葉だった。

オシオキ。――――監禁。

……一刻も早くランスロットから距離を取るとしよう。心配しなくてもランスロットは殿下に気づくとさっさと逃げていったので助かった。

「レベッカ、賭けをしないか」

殿下が私の隣に腰を下ろしながら言った。ランスロットのことはさして気にしていないようで胸を撫で下ろす。

「賭け、ですか？」

「ああ。今回の試験で俺が第二学年の一位になるか否か、俺は前者に賭ける。俺が勝ったらレベッカに俺の言うことを何でも一つ聞いてほしい」

……『何でも一つ』？　ぱちくりと瞬きする。私に何かしてほしいことがあるなら普通に言ってくれればいいと思う。――けど。

「殿下が負けたら？」

「レベッカの言うことを何でも一つ聞こう」

「のった！」

正直殿下が一位を取れないところは想像できないが、なかなか魅力的な条件だ。乗らないわけにはいくまい。

「そうこなくてはな」

間髪入れずに了承した私を見て、殿下は楽しそうに笑った。

十二月も半分が過ぎた頃、試験の結果が発表され、殿下は見事第二学年の一位に輝いた。三学年の結果は以下の通りだ。

第一学年
三位　ガッド・メイセン
三位　エミリア
二位　メリンダ・キューイ
一位　レベッカ・スルタルク
第二学年
三位　オズワルド・セデン
二位　キャラン・ゴウデス
一位　ルウェイン・フアバードン
第三学年
三位　レイ・ロウ
二位　セクティアラ・ゾフ
一位　ヴァンダレイ・スルタルク

見た瞬間、三人で手を取り合って喜んだ。

「すごいです！」

「頑張ったわね私たち！」

「ええ、嬉しいわ」

ほうき星が輝く夜に、
正反対なふたりの運命は入れ替わった——
とりかえ伝
「もし願いを叶えてくれるというのなら……」
黄玲琳
黄家の雛女
美しく慈悲深い
病弱で伏せりがち
殿下の胡蝶
ふつかな
悪女では
2020年12月28日発売
一迅社ノベルス
定価 1,200円+税
後宮入れ替わり逆転劇!!
病弱で美しい胡蝶姫が、
嫉妬深い嫌われ鼠姫に——
異世界恋愛四半期ランキング1位
(2020年9/8時点)

ございますが
～雛宮蝶鼠とりかえ伝～
中村颯希
イラスト：ゆき哉
腕が痺れない…
なんということでしょう！
息…上がっていない
これまで油断すれば気絶するわたくしでしたのに！
推定六十！
あらすじ
美しく虚弱な愛され雛姫、玲琳
すだらけの嫌われ悪女の姿に―
嫉妬にかられた慧月の企みによ
琳は心と身体を入れ替えられて
優しくしてくれていた人達から
過酷な環境におかれ、さめざめ
けかと思いきや……
「息切れしない、失神しない……
て健康な体でしょう！　う、うら
しいっ」
か弱いと思われていた彼女は実は
隣り合わせの"死"とずっと戦っ
きた鋼のメンタルを持っていて―
それってわりと楽勝なのでは…
が離せません♡♡
乞巧節を迎えた夜、
ついに慧月は、
欄干から玲琳を
突き飛ばし……
朱・慧・月・様
玲琳が気がついたときには、
そばかすだらけの慧月の姿に!?
……はい？
ドン
玲琳の姿になった慧月、
だから入れ替わったの
道術を駆使してね
あなた嫌われたことなんてないのでしょう
侮られたことも冷遇されたことも
常に守られて愛されて！
消えるがいいわ！
慧月の姿になった
玲琳だったが……

check1 豪華作家陣のお墨付き！

橘 由華 先生
『聖女の魔力は万能です』（カドカワBOOKS）

©橘由華・珠梨やすゆき／『聖女の魔力は万能です』／KADOKAWA刊

どのような状況でも毅然とした態度を崩さず、行動する玲琳がすごく良いです！　まっすぐな心根と、過剰ともいえる努力！　まさに根性！

彼女が動くと世界が鮮やかに色付き、気付けば他の登場人物と同じように玲琳にハマってしまった自分がいました。

香月美夜 先生
『本好きの下剋上～司書になるためには手段を選んでいられません～ 第五部 女神の化身３』（TOブックス）

©香月美夜・TOブックス　イラスト：椎名優

主人公は美しく虚弱すぎる姫様。彼女を妬む嫌われ者の姫様と精神が入れ替わったというのに、健康な体を喜んで嫌われ者生活を楽しみつつ周囲の暗雲を払っていく鋼の精神力が堪りません。こちらまで晴れやかな気分になります。

日向 夏 先生
『薬屋のひとりごと』（ヒーロー文庫）

©日向夏・ヒーロー文庫　イラスト：しのとうこ

前向きなヒロインは好きです。ええ、しかもちょっとずれてて、バイタリティ溢れ、周りを巻き込みまくるような。

主人公はそんな女の子。

そして、悪女に入れ替わったヒロインは前向きに悪女になろうとする。そこのところが颯希節ですね。

check2

玲琳が、慧月が、大活躍♡

同日発売！
月刊コミックゼロサム2月号
（12月28日発売）より、
コミカライズ開始！

漫画：尾羊英

ふたりに振り回される面々は……

詠 尭明

玲琳を愛する
皇太子

朱 雅媚

慧月の後見人
貴妃

辰宇

皇帝の血を引く
鷲官長

黄 冬雪

玲琳を心酔する
筆頭女官

入れ替わりに気づくことができる？

発売は12月28日（月）

『ふつつかな悪女ではございますが
～雛宮蝶鼠とりかえ伝～』

ぜひご注目ください！

わくわくドキドキの展開から

話題の中華ファンタジー、待望の書籍化！
一迅社ノベルスより2020年12月28日発売決定！
蝶鼠と
ふつつかな悪女ではございますが
～雛宮蝶鼠とりかえ伝～
「忌々しい女、消えるがいいわ……！」
中華後宮
朱慧月
朱家の雛女
そばかすだらけで厚化粧
雛宮のどぶネズミ
嫌われ悪女

中庭には貼り出された結果を見るためたくさんの生徒が集まっていた。お互いに抱きついて喜び合っていると、がやがやしていた周りが急に静かになった。

「あ、レベッカ様！」

「え？」

生徒たちの視線はたった一人の男に吸い寄せられている。人だかりを割るようにして歩み近づいてくるのは、私の一番大好きな人だ。彼は私たちから少し離れたところで足を止めた。

「レベッカ、賭けのことを覚えているか」

こくりと頷くと、殿下はゆっくり膝をつき、甘いマスクで微笑んだ。その手には一輪の薔薇があった。

――――王子さま。当たり前の単語が脳裏に浮かんだ。

「俺と一緒に舞踏会に行ってくれ」

この瞬間私の胸を満たした感情は筆舌に尽くしがたい。あえて言うなら、紛れもない歓喜と、そして途方もない安堵だ。

『冬』の後には舞踏会がある。男性が薔薇の花を渡してそのお誘いをするのは、「愛している」という意思表示。それも学校・家公認の関係にしか許されない、いわば公開プロポーズだ。

そして私にとってはもう一つ意味がある。主人公と攻略対象はこの舞踏会で結ばれる。ゲームのエンディング、最終ゴールだ。婚約者だから共に舞踏会に行くのは当たり前だ。しかし今私は、明確な愛の告白と共に、まるで主人公にでもなったように舞踏会に誘ってもらえたのだ。

「はい、喜んで……っ」

涙を滲ませて答えた瞬間、わっと周囲が沸いた。だが周りなんてどうだっていい。大好きな彼が、私を心底愛しい者を見る目で見つめてくれている限りは。

手を取られ、髪に薔薇を挿してもらった。殿下は私を連れてすぐにその場を後にする。後ろを振り返ればメリンダとエミリアが手を振って見送ってくれている。笑顔で振り返した。

ああ、私は今日も幸せだ。

中庭の喧騒から抜け出すと、殿下は私の手を引いて人気のない裏庭へ向かった。

彼が真剣な顔で話し始めたのはオウカのことだった。学園および王家は、遂に彼の正体を突き止めるに至ったのだ。

「あの男、オウカは十九年前王立貴族学園に在籍していた生徒だ。悪しき魔法に手を染め禁忌を犯そうとしたため学園長により封印された。封印を歪めて度々精神体として活動していたようだが、先日王家直属の魔法使いにより封印はかけ直された。もう姿を現すことはないだろう」

話の間ずっと手を握られていた。何度か接触して怖い思いをしたから心配してくれていたのだろう。

目を閉じて、オウカのあの、娘を見る父親のような目を思い出す。そうか、彼は封印し直されたか。『秋』に現れずシナリオ通り肉体を復活させなかったのだから当然といえば当然の帰結だ。王家と学園はずっと彼を追っていたのだから。

オウカのやりたかったことが私にはもうわからない。シナリオを復活させるのではなかったのか。

『冬』は彼が登場するはずだったのに。

もうすぐ冬季休暇が始まる。冬季休暇は長期休暇の中で唯一生徒たちが実家に帰らない。『冬』の準備をするためだ。

シナリオでは、『冬』は本格的にオウカが介入するため混乱を極める。もはや行事どころではなくオウカとの最終決戦が攻略対象と主人公総出で行われる。

だが現実では、オウカが現れない上、諸々（もろもろ）シナリオとの食い違いが大きすぎて攻略本は参考にならない。この『冬』は完全な実力勝負になるのだ。

私にとって学園入学以来初めての、本当の勝負が始まる。

9

馬上で遠い地平に目を凝らす。私の後ろには同じく馬に乗った生徒たちが群れをなして続いている。六百弱というその人数は全校生徒の四分の一にあたり、それが四人の『将軍』の一角たる私に割り当てられた兵士の数だった。

息を殺してじっと合図を待った。冷たい空気を取り込む度肺が痛い。どこまでも続いているかのような荒野にて、聞こえるのは六百人の静かな息遣いだけだ。辺りを異様な緊張感が包んでいた。

一月某日、本日は『冬』。

『合戦』が今、始まろうとしていた。


十一月の初め、『冬』についてある重要な発表が行われた。今年度の『合戦』における将軍に、ヴァンダレイ・スルタルク、オリヴィエ・マーク、ルウェイン・ファバードン、そして私、レベッカ・スルタルク以上四名が任命されたのだ。

そもそも、『合戦』とは。

学園に選ばれた四名の『将軍』による擬似戦争である。勝利条件は他の三人の将の首をとること、すなわち防御魔法の上から致命傷となり得るような攻撃を与えること。または、将軍がそれぞれ決められた場所に持つ『陣』にある旗を奪うこと。

将軍はそれぞれ全校生徒たちの四分の一を自軍の兵士として割り当てられ、その組分けは基本ランダムだが、ある例外が存在する。

それは『忠臣』。一言で言えば将軍の腹心である。将軍と『忠臣の儀』を行った上で事前に学園へ申請すれば、必ず仕える将の軍に割り振られることになっていた。

『忠臣』の制度にはいくつかの細則がある。

まず、一般の兵士が将軍に攻撃し戦闘不能に追い込んだとしてもそれは『討ち取った』とは見なされないのだが、『忠臣』は違う。将軍の首をとることができ、番狂わせ的に戦況を覆すことができる。

ゆえに誰が誰の『忠臣』かは秘匿されるものだが、去年の『冬』にて、ルウェイン殿下とフリード・ネヘルは『忠臣』の関係にあることが明らかになっている。

『忠臣』とは行事が終われば解消されるような生半可な関係ではない。生涯にわたって主人と臣下の関係であり続け、決して裏切らないことを約束するという大変重いものだ。

そしてリスクがある。『忠臣』が他の将軍に捕まったり戦闘不能にされた場合、その将軍は他の将軍の首をとれなくなる。他の将軍に対する攻撃の一切が無効化されるのだ。

もう一つ、『忠臣』は『合戦』で功績をあげても学園に評価されない。『忠臣』の手柄は全て主人たる将軍のものとみなされる。自分が称号を得るために優秀な将軍につこうとする者が出ないようにするための対策だ。

もちろん『秋』までに優秀な成績を収めていれば理論上称号を得ることは可能だ。しかし圧倒的に不利と言わざるを得ない。昨年度五高の称号を得たフリードなどは、例外的に優秀なのだ。

一生の関係であるという重みと、利点の等価交換たる欠点。とても軽視できるものではない。

結局私はどうしても『忠臣』を持とうと思えなかった。

十一月初めに将軍が発表され、中旬に組分けと陣の位置が発表される。『冬』の舞台は学園の外れにある演習場だ。陣の位置は毎年ランダムに大体東西南北。

今年度は北東に殿下、東に兄さま、南にオリヴィエ、そして南西に私。開始は全員がそれぞれの陣地からで、今、目を凝らすと遠くに見えるのはオリヴィエの陣だ。

細く長く息をついた。真っ白になったそれを見ながら時計を取り出せば、あと一分程で開始の合図が出る。

着込んでいる甲冑を見下ろす。手を広げ、ぐ、ぱーと握ってみる。たくさん考えたし、やれることは全てやった。準備は万全のはずだ。それでもこんなにも手が震える。

馬を操り後ろを振り返った。六百の視線が私一人に注がれている。彼らを率い、全員の命運を握るのは、他でもない私だ。

あと一分。

「……間もなく戦が始まります。命令はただ一つ」

しんとしたこの空間では、声を張らなくとも声が届く。兵たちが武者震いをじっと抑えながら、将たる私の言葉に全身で耳を傾けている。まさに嵐の前の静けさだと、肌で感じた。

「必ず、勝ちなさい」

ゴーン、ゴーン、ゴーン。空から鳴り響く鐘の音。剣を高く突き上げた。

「行くぞォォォ！」

「オォォォ――――！」

猛る兵たちの咆哮が大気をビリビリ揺らす。砂埃を撒き散らし、私たちは走り出した。

私は主力の軍を率いて一直線にオリヴィエの陣へ向かう。攻撃力の高い兵を中心に全体のおよそ三分の二の四百人をつぎ込んだこの軍で猛攻を仕掛け、一気に攻め落とす作戦だ。

残りの約三分の一は自陣を守る防衛軍だ。陣には将軍の命たる旗を内包する岩の塔がそびえ立っており、それを取り囲むような布陣で既に持ち場についている。

「では、頼みます！」

振り返って叫んだ視線の先で、岩の塔の正面を陣取ったその人物が、うっとりするほど綺麗なお辞儀をするのを見た。

「頼まれました。ご武運を」

きっと今、高貴な猫みたいな目を細め微笑んでいるだろうセクティアラ様ほど、私の旗を守るのに頼もしい味方はいない。

だから安心して前を向く。風を切ってひたすら馬を走らせ、荒野を駆け抜け横断する。大量の馬の蹄の音だけが響き渡る、まさしく猛進。

先頭こそ私だが、実質率いているのは空を行くクリスティーナだ。既に龍化した体に鎧を纏っている。見惚れそうなほど神々しい姿で先陣を切って空を進み、風の魔法で私たちに強烈な追い風を吹かせてくれていた。

この突撃で魔力は出し惜しみしない。速さと攻撃力勝負、先手必勝で一気に行く。派手なら派手なほど、うるさければうるさいほど、目立てば目立つほどいい。

相手の陣の様子が見え始めて速度を緩めた。私たちのそれと全く同じ岩の塔。あの中に目標とする旗がある。その前には騎馬。五百はいる大軍だ。

塔のてっぺんからこちらを見下ろす冷たい美貌の女性が誰かはすぐにわかった。

「御機嫌よう。やはりあなたですね、レイ・ロウ様」

「どうも、レベッカ嬢。やはりと仰るがこちらも予想通りですよ」

第三学年、五高が一人、人呼んで『鉄壁のレイ・ロウ』。美しい立ち姿に眼鏡がよく似合う才女だ。真逆のタイプに思えるオリヴィエとは幼馴染で大の親友というのは有名な話だった。

『鉄壁』の由来は彼女の幻獣である小さなハリネズミ。可愛い見た目に反して能力は強力である。自身を中心に半径二、三メートルほどの棘つきの結界を張ることができるのだ。旗を守るのにはうってつけだろう。

オリヴィエの大親友たるレイがオリヴィエの軍に割り振られた時点で予想はつく――十中八九、『忠臣』だ。

今の状況は五百強対四百で数ではこちらが劣勢。しかし予想通りだ。自軍に向けて声をかけた。

「予定通り一気に行きます、短期決戦です――全員、進めッ！」

私の声と共に、クリスティーナの闘気が鳴き声となり地鳴りとなって空気を震わせた。それを合図に平原を舞台にした戦いが始まった。こちらの士気は十分。一寸の怯みもなく突っ込んでいく。

私も戦場に身を投じ近くの敵から倒していく。私たちは防御魔法のおかげで怪我はしないが、致命傷となるダメージを受けると気を失う。

「数で負けているのに突撃……悪手では？」

レイが塔の上から言ったが、一瞥もしないで目の前の敵に集中した。彼女が塔から降りてこないのも想定内だ。

そこら中で魔法が、剣が、幻獣が飛び交い、味方も敵も少しずつ減っていく。遠くでクリスティーナが敵兵を蹴散らかしているのが見えた。

合間、鎧の胸の隙間からクリスタルを取り出した。クリスタルはこの場の全員が持っている。私たち将軍は自軍の兵なら誰とでもいつでも連絡が取れるのだ。兵同士は会話できない。

「セクティアラ様、あと何分かかりますか」

『そうですね……八分で間に合わせてみせます』

「了解」

短い会話を終えて再び敵と対峙した。

あと八分。それが私たち主力軍が、鉄壁のレイ・ロウ率いるオリヴィエの防衛軍に猛攻を仕掛け、その注意を引きつけなければならない時間である。

十一月、組分けと陣が発表された際、私は考えた。殿下と兄さまの陣は遠い。私にとってオリヴィエはその存在を無視して遠征できるような相手ではない。そしてそれは殿下にとっての兄さま、兄さまにとっての殿下も同じである。

つまり私はオリヴィエを最初に全力で叩く必要があるのだが……オリヴィエは強い。トップクラスの戦闘力を持ち、幻獣は豹。性格からしてもまず間違いなく自陣で守りを固めはしない。特に機動力が高い少数精鋭で戦場を駆け抜け、自ら他の将の首と旗を狙いに行くはずだ。

その行動を可能にするのがレイ・ロウだ。兵のほとんどを防衛軍として残し、レイをその指揮官に据えれば、まず間違いなく落ちない防衛軍の完成だ。

さらにここで功を奏したのがオリヴィエの強運だった。実はオリヴィエの陣は四つの中で最も良い位置にある。背後に山を背負っているのだ。後ろから狙おうにも大人数でこれを登っていては骨が折れるし時間がかかる。しかも見つかれば斜面を利用して上から攻撃される。

背後の山には僅かな見張りだけを置き、前方だけに集中することができるオリヴィエの陣は、まさに鉄壁だった。

対する私は弱い。経験も足りなければ自分自身の戦闘能力も足りない。敵の裏をかき、利用できるものはなんでも利用しなくてはオリヴィエに勝てない。

塔の上のレイを見上げた。降りてくる様子はない。私の軍が完全に押されてから確実かつ安全に首を取ろうという腹積もりだろう。

そしてそのときは近い。私の軍はじりじりと後退し始めていた。戦力差を埋めるため最初から魔力全開で挑んでいるのだから、疲労が出始めて当たり前だ。

セクティアラ様が言った、八分というタイムリミット。

「……ギリギリかしら」

周りの兵たちの顔に焦りが浮かび始めた。だんだんと相手の数が減らなくなってきている。嫌な兆候だ。空気を変えねば、そう思って口を開きかけたとき。

「レベッカ嬢、一騎打ちを申し入れたい」

目の前に騎馬が現れた。

あなたがここにいるのは知っていた。深緑の髪と整った顔立ち。汗も拭わずに剣を握り、正面から私を見据える精悍(せいかん)な姿は、まさに五高というにふさわしく凛々(りり)しい。

「お受けします、セデン様」

オズワルド・セデン。五高の中でも三強に最も近いと言われる実力者。「なんと都合がいいんだろう」とこっそり笑みを深くした。

一騎打ちが始まった場合、周りの人間は戦いをやめ、丸く取り囲んで見守る。その際決して手を出してはならない。貴族の『決闘』にも共通するしきたりだ。

ルールに則って向かい合った。ナイフをしまって両手剣を構える。

「この一騎打ちに意味はあるのでしょうか」

言外に、あなたは『忠臣』なのかと問う。将軍を討ち取れるのは将軍と『忠臣』だけだ。彼がオリヴィエの『忠臣』である可能性はないと思っていたのだが。

「あるよ。君の幻獣は強すぎるからね。僕に君は討ち取れないが、少し眠っていてくれればそれで十分だ」

なるほど。討ち取られはしなくてもダメージが蓄積すれば防御魔法が発動して気を失う。確かに私がそんなことになったらクリスティーナは戦いを放り出してしまうだろう。そして目覚めるまで私から離れないに違いない。それは私の軍にとって明らかなマイナスだ。

つまり彼は一対一で私を敗る絶対の自信があるのだ。これ以上私とクリスティーナに自軍の兵がやられる前に自分がさっさと負かすべきだと判断した。

舐められたものだと格好良く言いたいが、いい判断だ。実際私はオズワルドに勝てない。オズワルドはシナリオでは今年三強になる男だ。剣の腕も確か。一騎打ちで勝てるはずもない。

ちらりとレイに目をやれば、この展開を黙って見守る様子だ。こちらをじっと見ている。

口を閉じ剣を構えて、戦闘態勢に入るオズワルド。そんな彼に向き直って薄く微笑んだ。私は彼に勝てない。けど勝負を受けた。

だって、この戦場の全員を私に注目させて、時間を稼ぎたかったから。

それは完璧なタイミングでやってきた。

『こちらセクティアラ。奇襲軍、到着しました』

耳をつんざく爆発音が降って湧いた。それは岩の塔内部で発生したものだ。内側から塔を破壊し、熱風と衝撃波を生み出す。兵たちは敵味方関係なく、みなポカンと口を開け呆けてそれを見た。

全員の視線の先で、土煙の中から一匹の幻獣が姿を現した。

黄金の毛並み。揺れる九本の尾。その背中に乗った少女は、たった今奪い取った旗を高々と掲げて、炎と煙の中それはもう可憐に笑った。

「レベッカ様ぁ、旗、取りました！」

私がオリヴィエに勝つには。使えるものを全て使い、利用できるものを全て利用する必要がある。

だから私は私を囮(おとり)として使った。

始まりと同時、私の軍は三つに分かれた。

一つ目に私が率いる主力軍。空を飛ぶクリスティーナを先頭に突撃して相手の注目をこれでもかと集める。

二つ目に防衛軍。約三分の一、二百人ほどしかいないが、それでも十分旗を守りきれる自信があった。率いるのが他でもないセクティアラ様だからだ。彼女という最強のカードを割り振られた私は本当に運が良かった。

将軍というのは今までの成績と自身や幻獣の戦闘能力を考慮され選ばれるものだ。セクティアラ様は純粋な戦闘能力こそ他に劣るが、頭がいいし幻獣が強力だ。彼女の蝶(ちょう)は最大百匹に分裂でき、彼女の目と耳となってありとあらゆる情報を彼女に集約することができる。

戦場に散らした蝶で常に状況を把握し、エミリアの進軍に大きく貢献したのは彼女だ。

三つ目の部隊、エミリアの奇襲軍。『軍』とは名ばかりで構成人数はエミリア一人。

十一月中旬、私の軍に割り振られたと飛び上がって喜んだエミリアに私が任せたのはたった一人での奇襲だった。セクティアラ様の蝶さえいれば見張りや他の敵を避けて進むことなど造作もない。

加えてクリスティーナと同じく伝説の幻獣であるエミリアの幻獣、九尾。エミリアを背に乗せて驚くべき速さで荒野を駆け、陣の後ろの山を登り、真後ろから塔に侵入した。究極の少数精鋭である。

エミリアは本来なら軍の後方で気を失った兵の治療に当たるべきだし、レイもそう踏んでいただろう。それをあえて単独で行動させることで相手の裏をかける。

ただ、中にいたであろうハリネズミの結界を爆破で攻略したのには正直私も度肝を抜かれた。人を治すことしかしないエミリアの幻獣である九尾は、主人の弱点を補うかのように、攻撃魔法に長けていたのだ。

誰もが状況を掴めない中、その場にそぐわない無邪気な笑顔を見せるエミリア。相手の裏をかくなら味方から騙すのは基本とはいえ、一生懸命戦ってくれた味方の兵士たちには悪いことをした。

エミリアが人の隙間を縫って私に走り寄り、飛びついてきた。

「よくやってくれたわエミリア」

「お役に立てて良かったです！」

エミリアをねぎらってから、士気を下げないよう大声をあげた。

「私たちの軍は奇襲に成功しました！　それもひとえにこの場を抑えてくださった皆さんのお力あってのことです！　よく頑張ってくださいました。私たちは三強、オリヴィエ・マークを破ったのです！」

「うおおおおお！」

戦場に私の声がこだまする。それを受け、じわじわと広まっていったのは歓喜だった。

「エミリアだよ！　背後から旗をとったんだ！」

「やったぞ、勝った！」

至る所から上がる勝利の雄叫びにほっと息をつく。そんな私に握手を求めるように手を差し出した人がいた。オズワルドだ。

「恐れ入ったよ。僕は完全に判断を誤ったな」

「いいえ、あなたを利用するような真似をして、申し訳ない限りです」

「気にしないでいいよ。人はそれを作戦と呼ぶんだ」

爽やかな笑顔が眩しい。どこまで人がいいのか。思わず感心したときだった。

視界の端にありえない光景が映った。

「キュウウウウ！」

「!?　クリスティーナッ！」

一目散にそちらへ駆け出す。伸ばした手も虚しく、クリスティーナは苦しそうな呻き声をあげながら何か箱のようなものに吸い込まれていった。

あれは封印だ。やったのは一人の兵だった。

「戦いは終わりました！　やめてください！」

人をかき分け、余裕なく叫ぶ。ただならぬ雰囲気に周りの視線が集まった。

男の肩を掴んで振り向かせたとき、目を見開かずにはいられなかった。男の鎧の胸には、将たる私の家の家紋が入っていた。

「なぜ」

名前も知らないその男は私の軍の兵だったのだ。

彼は私の手を振り払って後ろへ下がった。そして箱を左手で持ち、右手で剣を抜いた。わけがわからないが素早く後ずさる。

そんな私を庇うように前に出たのはオズワルドだった。

「君、何をしている？」

追いかけてきてくれたらしい彼は、この状況の異常さに気づいている。男はそれをものともせず、突然がなった。


「レベッカ・スルタルク！　公爵家の立場を利用したお前の卑劣な悪事の数々は全てわかっている！王家の名の下、国外追放を言い渡す！」


……………え？

頭をよぎったのは悪役令嬢レベッカの断罪イベント。それは間違いなく、一言一句違わず、レベッカが舞踏会で言われるはずの言葉だった。

男の声に応えるように数十人の兵が私を取り囲んだ。敵兵も味方の兵も入り混じっている。これは事前に予定されていたことらしい。

そして、私を最も怖がらせたのは男が取り出した魔法具だ。つやつやと黒い筒状のそれ。間違いなく公の場で罪人が追放されるときに使われるものだ。

転送魔法を充填してあるらしく、あれを罪人の首筋に当てると罪人の証が入って一瞬で国外に飛ばされる。大変貴重なものでこの国に数本しかない。一介の生徒が持っていていいものではないのだ。

あれがある時点で、この騒ぎを馬鹿馬鹿しいと無視することはできなくなった。

しかしわからない。状況が掴めない。私は何もしてないし、シナリオは変わったはずだろう。それがどうしてこんな、行事の途中で。

「繰り返す、レベッカ・スルタルク！　お前を国外追放の刑に処す」

ただ、それはこの次の言葉だった。私を水を浴びせたかのように冷静にしたのは、次の言葉だ。

「これはルウェイン殿下も承知のことである！」

――――なんだって？

急にすっきりした思考で顔を上げると、エミリアがそばで私を支え、私の顔を覗き込んでいたことに気づいた。彼女は私の表情を見て安心したようだ。

エミリアから離れ、オズワルドの背中から一歩進み出る。

「賊、今すぐ発言を撤回しなさい」

至って普通の落ち着いた声が出た。ピンと伸ばした背筋はもう曲がらない。表情はいつもと同じ、『にっこり』と音がしそうな微笑みだ。

「次期王妃たる私の前でルウェイン殿下の名を弄するとは。この罪は重いわ。覚悟なさい」

柔和な笑顔で毒を吐けば、相手は怯んで一歩退く。私は令嬢。それもスルタルクの宝石令嬢で、しかも王子の婚約者だ。

そして何よりも。『ルウェイン殿下も承知している』――その言葉は混乱や動揺、恐怖といった感情を全て押し流して消し去るのに十分だった。

「わ、我々は上からの指示で動いている！　お前はもはや次期王妃ではない！」

「困った命令を出す方もいるものですね。どこのどなたでしょう」

「答える義理はない」

男がギリギリと歯を食いしばる。そして剣を握り直して一歩進み出た。それに合わせて、オズワルドが再び私を背中に庇った。

「セデン！　これは高貴な方からのご指示なのだ。お前も剣を抜いてその女を捕らえる手伝いをしたほうが身のためだ！」

男が叫ぶ。オズワルドは少し間を置いてから剣を抜いた。

隣のエミリアが私の腕を掴む。おそらくこの場を抜け出す算段を立てているのだろう。私はといえば、一歩も引かず、オズワルドの様子をその広い背中の影から見ていた。

男はオズワルドが抜刀したことに満足そうな顔をしたが――すぐにぎょっとして、たたらを踏んだ。

オズワルドはただただ真っ直ぐ、何のためらいもぶれもなく、男に向かって剣を向けていた。

「いいか、俺には俺の正義がある。決して揺るがぬ絶対の正義だ。この人は俺の友人の大切な人だ。彼女を傷つけたいなら俺が相手になる。誰の指示だろうと、構うものか」

吐き捨てるように言ったオズワルドは、攻略対象、五高が一人。

彼こそは、この学園で最も熱く、曲がったことを嫌う男だ。

「行け」

振り返ったオズワルドが短く言った。その言葉を聞いた瞬間動いたのはエミリアだ。私を軽々と引っ張り上げて九尾に飛び乗る。

あの失礼な男相手に啖呵（たんか）を切ったはいいが、間違ってもあの魔法具を使われたら取り返しがつかないし、今は多勢に無勢すぎる。周りを見る限り、今この場にいるのは私を捕らえようとする者とどうすればいいか判断がつかず動けずにいる者がほとんどなのだ。

そのどちらでもないのは、私とエミリア、オズワルド、そしてもう一人。

「こっちへ！」

それは先ほどから崩れた塔の瓦礫（がれき）に隠れて状況をうかがっていたレイだった。遠くから私たちを山の中へ誘導するように手を振っている。

「どうしますか」

エミリアが問う。彼女があちら側でないという確証が欲しい。息を吸い込んで叫んだ。

「『忠臣』である証拠を！」

その声が届くや否や、レイは胸元から何か取り出した。それは薄い水色ではなく、サファイヤのようなブルーに染まったクリスタル。色が通常より濃いのは、一般兵よりも将軍と繋（つな）がりが濃いということ。つまり、彼女がオリヴィエの『忠臣』だという証拠だ。

九尾が方向を転換し、レイに向かって駆け始めた。オリヴィエの人となりは知っている。そしてそれは信用するに値する。私たちはレイとオリヴィエを信じることにしたのだ。

途中でレイを引っ張り上げ、私たちはあっという間に山の中へ姿を消した。その直前振り返れば、たった一人で数十人を相手取るオズワルドの姿が見えた。

彼とクリスティーナのことだけがひどく心配だった。

九尾は草木をかき分けて奥へ奥へと進んでいく。見渡す限り大樹と藪のこの山は身を隠すのにうってつけだ。

山に入ってすぐ、セクティアラ様の蝶が指に降りてきた。蝶は私たちを誘導するように飛び始め、敵兵を避けているのだと予想がつく。

「……変です。先生方と連絡が取れない」

レイが言った。兵はクリスタルで自軍の将軍と連絡が取れるのだが、もう一つ、教師とも連絡が取れるはずだった。緊急時のためだ。それが繋がらないのだ。教師に収めてもらうべきだと思っていたが、そうはいかないらしい。

教師陣は今までの行事と違い、一年の集大成である『冬』には異常事態が起きない限り一切干渉しない。それでも状況をリアルタイムで見守っているはずなのだが、未だに誰も来ないのはなぜなのか。

おそらく通信だけでなくその映像にも妨害が行われているのだろう。エミリアは話に相槌を打ちながら治癒魔法でレイの幻獣のハリネズミを癒している。

私はクリスタルでセクティアラ様と連絡を取った。状況を全て掴んでいる彼女は、「異例の事態だが勝負が流れるか判断がつかないからそのまま陣を守っていてほしい」とだけ伝えると『任せてください』と力強い返事をしてくれた。

また、オリヴィエの陣に敵兵が集まりつつあるという。お礼を言って通信を終了する。

先ほどから考えていたことを口に出した。

「あの兵たちは操られているかもしれません」

レイは眉を寄せ、エミリアはあっと声をあげる。

今回は出てこないと思っていたオウカ。断罪イベントが再現されたあたり、彼が関わっている可能性が出てきた。それならあの生徒たちは以前のキャランのように操られているかもしれない。

そもそも王子の婚約者を行事の途中に攻撃しろなどと指示する人物が本当にいるなら、間違いなく狂っている。それを忠実に実行する彼らもだ。操られていると考えるのが自然だ。

「なら、解除の魔法をかければ」

エミリアが言う。

「ええ。でもかなり大規模な使用になるわ。……ロウ様、魔法のほうは？」

「申し訳ないが、それほど大規模となると厳しいです」

「そうですか、では私が」

自軍以外と連絡が取れない今、私がやらなければならない。クリスティーナは捕らえられているので彼女の魔力を使うことはできないが、一つ方法がある。

私たちは蝶に導かれて誰にも遭遇することなくかなりの距離を移動していた。しかしそのとき、前方から別の蝶が現れ、数人がそれに続いているのを見た。

先頭を歩いていたのはよく見慣れた人物。私とエミリアは大声を出さずにはいられなかった。

「メリンダ!?」

「ああもう、やっと会えたわ、疲れた。あなたたち無事？」

よろよろ近づいてきたメリンダ。その表情は疲れ切って、肩には幻獣のフクロウもいる。「もうへとへと」と言いながらだらしなく九尾にもたれかかった。

メリンダがどうしてここに。だって、

「メリンダ嬢はルウェイン殿下の軍と記憶しているのですが」

レイの声にエミリアがうんうんと同意を示す。

「ええ、その通りよ。私含め四名はオリヴィエの陣への偵察隊だったの」

億劫（おっくう）そうな声で説明が始まった。メリンダ以外の偵察隊のメンバーは心なしか居心地悪そうにその場に立っている。

「殿下は開始と同時にヴァンダレイの陣にほとんど全勢力で攻め込んだの。ご自身も転送魔法を使って旗のすぐ前まで飛んだわ。自陣はフリード様と十数人に任せて、後はオリヴィエの陣とレベッカの陣に僅かな偵察隊を出してね。だから殿下は今日もう転送魔法を使うことができないのよ。しかも、殿下とヴァンダレイの陣からあなたやオリヴィエの陣までは随分距離があるでしょう？　私たち偵察隊はあなたたちがオリヴィエの旗を取るところも見ていたんだけど、それは殿下の鷲にそこまで送ってもらったからよ。鷲はそのままもう一つの偵察隊を乗せてレベッカの陣に向かったし、そこで待機する手はずになってたの。つまり、殿下には今移動手段がないわ」

現状を予想と照らし合わせながら耳を傾ける。理路整然と話していたメリンダが一度言葉を切ってため息をついた。

「それで、隠れて戦いを見ながら偵察隊として逐一報告をしていたんだけど……殿下ってば、戦況は最低限でレベッカの勇姿の描写ばかり求めてくるのよ……自分は自分で戦いながらよ？　私、幻獣の耳の良さで偵察隊に選ばれたと思ってたんだけど……殿下はあなたの様子を知りたかっただけね、絶対」

メリンダは呆れたと言わんばかりに軽口を叩く。非常時でもいつも通りの親友の態度に、少しだけほっとした。

「まあそれで変なことになったから報告したら、偵察の役目は放棄していいからあなたたちと合流して助けてやれって。それまではステルスで姿を消していたんだけど、あ、偵察隊のそこの彼の幻獣の能力ね。山に入ってそれを解いた途端ずっと近くを舞ってたあの蝶が私たちを認識したわ。姿は見えなくても気配はわかるのね。それでここまで誘導してくれたってわけ。待ってて、今殿下に連絡を取るわ」

殿下は今何が起きているのか把握しているのか。さすがの情報収集能力だ。

私には偵察隊を出す余裕などなく、今なお北東側のことは何もわかっていない。セクティアラを擁しているにもかかわらず、だ。これが指揮官としての差なんだろう。

メリンダが胸元からクリスタルを取り出すのをぼうっと見ていた。そして数秒後聞こえた声に、ひどく安心した。

『レベッカ、そこにいるか』

「はい、殿下」

低い、落ち着いた声。久しぶりに聞いた気がした。

「殿下、メリンダを送ってくださってありがとうございます。私は無事です。でもセデン様とクリスティーナを残してきてしまいました。防御魔法がありますし怪我をさせられることはないでしょうが、私の力不足で……申し訳ない限りです。兵たちは魔法で操られている可能性があります。今から魔力を充填して解除魔法を試みます。うまくいけば一気に……」

『レベッカ待て、先に言わせろ。よくやった』

「……え？」

べらべらまくし立てた私を殿下はやんわりと遮った。褒められた。でも何のことで？

『報告で聞いた。俺の名前が出たときも動じることなく真っ向から否定して、毅然とした態度を取っていたと』

「……褒めていただけるようなことでは」

『よくやった。俺の婚約者は立派で優秀だ』

「……」

突然起きた断罪イベント。正直あのときの気持ちは混乱と恐怖だった。私にそれらを振り払う力をくれたのは他でもない殿下だというのに、殿下はそんな風に優しい言葉をかけて気遣ってくれる。なんだろう。今すごく、あなたに会いたい。

「……殿下」

『ああ』

「だいすきです……」

『…………』

「殿下？」

『……俺も愛している』

「はい……」

「ねえちょっと、夫婦仲がよくて何よりだけど、できたら二人だけのときにやってくれない？」

メリンダが呆れた声を出した。はっと我に返る。しまった。つい感情に任せて人前で愛の告白をしてしまった。その場になんとも気まずい空気が流れている。

顔を上げられないまま何か言おうと口を開いたそのとき、エミリアが鋭く声を発した。

「っレベッカ様、敵がすぐ近くまで来ています！」

「なんですって？」

おそらく九尾が察知したのだろう。どうしてもっと早く気がつかなかったのか、だって私たちにはセクティアラ様がついているはずで。

蝶を探して辺りを見回す。信じられない。

――――セクティアラ様の蝶は、いつからいなかった？

私になんの断りもなく幻獣を回収するなんてまずありえない。つまり、セクティアラ様が戦闘不能にさせられたか、それに近い状態に追い込まれている？　私に一つの連絡を入れる暇もなく？

「……ありえない」

今現在起こっているであろうことが信じられなかった。

呟くと同時、突如として大量の兵が姿を現した。私たちをぐるりと取り囲んでいる。

「なんだ⁉　どこから湧いた⁉」

「レベッカ様！」

急に騒がしくなった周囲。敵を睨みつけながらざっと数を数えた。多すぎる。

突然気配もなく現れた五十近い数の敵兵、その人数を操るだけの魔力、三強であるセクティアラ様を封じ込める実力、通信のうち教師との通信のみを遮断する能力、簡単に持ち出せるはずがない追放の魔法具、伝説の獣であるクリスティーナを封印する魔法具。

オウカを疑っていたが本当に彼だけか？　封じられたばかりのはずの彼にここまでが可能だろうか？　さらに黒幕がいる気がしてならない。

迫り来る敵の中、考えすぎている頭を止めた。九尾の背中に飛び乗り、一人強引に包囲網を突破した。

「私はここです！」

「レベッカ!?　待ってよ！」

「ロウ様結界を！　みんなを守って！」

メリンダの制止する声が聞こえた。しかし止まるわけにはいかない。

私は敵にこちらを向かせ、今まで来た道を戻るように九尾を走らせた。九尾が私に従ってくれるか不安だったが心配ないようだ。

風を切りながら振り返れば、思った通り、多くの敵兵が私を追ってきている。レイとエミリアとメリンダ、偵察隊の三人の計六人なら、レイの幻獣の結界で十分身を守れるはずだ。敵の狙いは私一人なのだから私だけで逃げるべきだ。

ただ、九尾は必要だ。クリスティーナがいないこの状況で大きな魔法を使う方法。九尾から魔力を借りることだ。他人の幻獣など無謀だが、九尾なら可能性がある。

敵にも足の速い者が多い。しかし九尾はさすがの俊足だ。かなり消耗しているだろうに。

追いつかれそうにないことを確認して、揺れる背中でなんとか体勢を整えた。

「……よし」

今から山を下り終えるまでの間に、九尾から魔力を充填してみせる。操られている兵の魔法を解除魔法で解いてさえしまえば、この勝負は私の勝ちだ。

麓のオリヴィエの陣が見えてきた。今私の体には九尾の聖の魔力が満ち溢(あふ)れている。魔力を譲り受けるにはその幻獣と心を通わせる必要があり、正直可能か不可能か五分だと思っていたが、案外すんなり成功した。準備は万全だ。

私の意気込みを感じたのか九尾が一際高く跳躍し、一気に山を抜けてオリヴィエの陣に躍り出た。敵兵を引き連れている時点で目立たないようにするのは無駄な努力だから、堂々と姿を現す。

全体を見回して眉を寄せた。先程来た兵は一部だったらしい。二百は優に超えるだろうという数が一様にこちらを見ている。異様な光景に寒気がした。やはり彼らは操られていると考えるべきだろう。

しかしもっと異様なのは地面だった。至る所に大穴が開いている。

すぐにわかった。オズワルドだ。彼の幻獣は土竜（もぐら）だった。地面がこんなになるまで戦ってくれた彼とその幻獣、そして私のクリスティーナは今どこにいるのか。

「レベッカ・スルタルクだ！　全員、捕らえろ！」

聞き覚えのある声がどこかからしてはっとした。兵たちが一斉に、波のように押し寄せる。

今の声はこの場の統率者なのか、それとも操っている張本人か。考えている暇はなく、誰の声だったかと思い出す時間も与えられない。

一刻も早くこの騒動を終わらせてしまおう。素早く魔法を展開する。対象はこの場の全員。解除魔法を行使した。

「……解除」

確かな手応え。一瞬にも満たない間に魔力がごっそり持っていかれてほぼ空になった。

そうして目の前の光景に視線を戻した、このときの私の気持ちがわかるだろうか。

眼に映るものが、解除魔法を使う前と何一つ変わっていなかったときの、私の気持ちが。

「………え？」

迫り来る兵たち。各々武器を手に、幻獣を従えて。そこにあるのは敵意のみ。誰一人動きを止めない。

そんな、どうして。誰も操られてなどいなかったというのか？　自らの意思で私を敵と認定し捕まえようとしていると？

読み外した。私は馬鹿か、失敗したときの策が何もないなんて！

私を乗せている九尾の体が揺れた。逃げようとしているのがわかった。しかし九尾は朝から動き続けて消耗している。逃げ切れるだろうか。

敵が雪崩のように迫る。

背後から私を呼ぶ声が聞こえたのはそのときだ。

「耳を塞いで！」

弾かれたように振り返る。赤い女性を視界の端に捉えた。私が反射的に耳を押さえるが早いか、音がなくなった世界で、一匹の子熊が空に向かって吠えたのを見た。

「その熊の声は生き物の体を痺れさせることができる」。そう教えてくれたのは母の攻略本だ。

その遠吠えは大気を震わし、兵たちの耳に入り込んで全身に回り、息を呑む間に体の自由を奪った。

「ど、うして」

あなたが、ここに。唖然として、お礼より先にそう聞いた。

赤い髪をなびかせ佇む彼女の名前はキャラン・ゴウデス。その場を動かず、私を一喝した。

「早くこちらにいらっしゃって！　痺れは十数秒しかもちません！」

急いで走り寄る。彼女が今まで隠れていたのであろう茂みの影に引っ張り込まれた。体勢を低くし身を寄せ合うようにして隠れる。九尾は体を縮ませて私の腕の中に収まった。

その直後、間一髪で痺れの効力が切れた。金縛りが解けたかのように一気に空気がほぐれていく。兵たちはみな辺りを見回していた。私たちがどこにいるかわからないようだ。

「痺れている間は意識が飛びますの」

キャランが小さく言った。その横には子熊が足を投げ出して座っている。一度使うとかなり消耗する能力なのかもしれない。『秋』で見た獰猛（どうもう）な姿とは似ても似つかない今の様子に、思わず「ありがとう」と笑いかけると、「キュイ」と親指を立ててくれた。

「わたくしはルウェイン殿下の軍です。レベッカ様、貴方（あなた）の陣に偵察隊として派遣されたのですが、偵察隊の残りのお三方があちら側でした。その場では話を合わせて、先ほど隙を見て身を隠し殿下に連絡を取り、指示を受けてこうして待っていたのです」

私はまた殿下に助けられたのか。だけど。

「見つかるのは時間の問題ですね」

隠れたとはいえすぐ近くだ。感知の魔法や鼻がきく幻獣でもう間もなく見つかるだろう。

「いたぞ、あそこだ！」

案の定私が囁（ささや）いてすぐに、敵がわらわらとこちらに向かってきた。今度こそ捕まる。

九尾が私から離れてもとの大きさに戻り、私は短剣を取り出した。キャランは攻撃魔法に長けている。二百人を相手に私一人ではあっという間に押さえ込まれてしまうだろうが、彼女がいるなら戦う意味もあるかもしれない。

しかしそんな私とは裏腹に、キャランの動作は至って落ち着いて緩慢だった。ゆっくり立ち上がり、スカートを軽くはたく。

「私の先ほどの行動がほんの数十秒の時間稼ぎにしかならないことはわかっています」

私は構えていたナイフを下ろした。不思議な思いでキャランを見つめる。どうしてそんなに落ち着いているのか。戦うそぶりもなく、はるか遠くを見たまま動かない。

まるで、何かを待っているみたいだ。

「けれど殿下はそれで十分だと仰いました。そのほんの数十秒が、あの男が来るために必要なのだ、と」

………『あの男』？

敵はもはや目と鼻の先だった。

しかしキャランの言葉通り、男は来た。私と敵の間に割り込むようにして突然姿を現した。殿下も使えないはずの転送の魔法だった。

背中がとても広い。背も高く、一つに束ねた髪は茶色だ。燃え盛るたてがみを持った馬に跨（また）がり、何より私にとってはどうしようもなく、懐かしい、人だった。

兄さま。

声にならない声で呼んだ。

兄は姿を現わすが早いかブンと恐ろしい音を立てて剣を振るった。それは私の身長ほどあろうかという大剣で、一振りするだけでまるで突風が起こるかのようだった。その場にいた敵兵が何人もまとめて吹き飛ばされていく。

「うわああっ！」

「なんだ⁉　何が起こった⁉」

「スルタルクだ！　ヴァンダレイ・スルタルクだよ！」

兄は次々に容赦なく相手をなぎ倒していく。剣を振るう度に人間が人形みたいに宙を舞う。キャランも魔法で攻撃に加わって、相手の軍はまさに恐慌状態だ。

私はあっけに取られてその背中を見ていた。なんという豪腕だ。兄が戦っているところを見るのは初めてだった。

そして、兄が現れたのとほぼ同時。何かがもうもうと土煙を立てながら戦場を横断した。黒い影だが、速すぎて目で捉えられない。しかし遠くに姿が見えたかと思ったそのとき、彼女はすぐ隣に来ていた。

「⁉」

「よっ！」

黒い影に思われたものは、豹に跨ったオリヴィエだった。彼女は私に向かって明るく挨拶したかと思えば、兄同様敵兵を蹴散らし始めたではないか。

相手側はいよいよ混乱を極めた。続けざまに現れた二人の三強。キャランも攻撃魔法を乱れ打ちしている。敵陣は総崩れもいいところだ。

しかしこの場で最も動揺していたのは間違いなく私である。

なぜ兄が？　そしてオリヴィエが？　……そして兄は、私を、助けている？

そのときいきなり兄の腕が伸びてきて、私を引っ張り上げ馬に乗せた。突然のことに思わず目の前の大きな背中にしがみついた。

今度こそ「兄さま」と呼ぼうとしたのに声が掠《かす》れてだめだった。この一年間兄を避け続けたツケがきている。会うのも話すのもほぼ六年ぶりだ。

兄は背後の私をさして気にした様子もなく大剣を振り続ける。もう何を考えているのかさっぱりわからない。

だって兄は、さっきから私を一瞥もしない。

その後ろ姿は、私の口内をカラカラに乾かし、声を出せないようにするのに十分だった。

すると知らない男の声がした。私には今兄の背中以外何も見えないのでよくわからないが、兄の進路を塞ぐように前方に立っているようだ。

「ヴァンダレイ！　自分が何をしているのかわかっているのか？　その女は罪人だぞ！」

「ん？」

兄の声が聞こえた、それだけで心臓が跳ねた。記憶のものよりずっと低い。知らない人にしか思えない。

兄が今私を助けてくれているのはわかる。でも、どういう気持ちで？

殿下に頼まれた？　公爵家の人間として身内の不始末を片づけに来た？　はたまた三強としてこの場を納めに来た？

……それとも、ゲームのラストみたいに、私を見捨てに？

怖い。体が強張(こわば)るのを止められない。歯がガチガチ鳴り、兄のお腹(なか)に回した腕に力が入った。

ぎゅっと目を瞑(つぶ)って兄の次の言葉を待っていた。

そんな私の思考はある感覚で木(こ)っ端微塵(ぱみじん)に吹き飛んだ。

兄のお腹に回し、思わず力を入れてしまっていた手。それに、温かい何かが。


兄の手が、重なった。

「わかるかと聞かれれば、全くわからないな！　君たちは一体何を考えて俺の妹を追い回しているんだ？」


手が、膝が、瞼(まぶた)が震えた。

『妹』と、呼ばれた。

「その女は悪事を働いたんだよ。捕まえろという命令なんだ！」

「そうかそうか！　そんなでたらめを誰に言われた！」

「教えるわけないだろう、機密だ！　だが殿下も承知のことだぞ！　お前は次期公爵だろう？　可愛い妹は裁けないっていうのか？」

「その次期公爵が何も聞かされていないのがまずおかしいと思わないか？」

「っ、……ヴァンダレイっ。学園長のお言葉を忘れたか！　『貴族たるもの、弱きを救け、弱きを守り、弱きを挫くを挫け』、だ！」

「ははは！　悪いが聞いたことがないな！　学園長が話される間は自主的に仮眠をとることにしていたんだ！」

「いつも起きていたろ⁉」

「寝ていたさ、目を開けたままな！」

「ヴァンダレイッ！」

男は吠えた。

「見損なったぞ、俺はッ！」

「そうか、それは筋違いだ！　俺が母上から教わったのは三つ。一に妹を救け、一に妹を守り、三に妹を挫くを挫け、だ！」

男は慄いたように後ずさった。唇をわなわなと震えさせ、信じられないと言わんばかりに声をあげた。

「妹至上主義、だと――――！」

…………？

感動していたのも忘れて「は？」と口に出しそうになったとき、すぐ横から聞こえたのはオリヴィエの大笑いだ。

「あっはは！　言ったろレベッカ嬢、良いやつだけど、まともじゃないって！」

いつだったか、いたずらっ子みたいに笑っていたオリヴィエとの会話を思い出す。

『まともじゃない』

はたと気づいた。あれはそんな意味だった？

「ニーシュ！　ディエゴ・ニーシュ！　お前よお、今年は五高確実だったろ？　なんでこんなことしちゃうかなー！」

「オリヴィっ、わっ、ぐえ」

オリヴィエの飄々(ひょうひょう)とした声の直後バカンと音がして、男が一人視界の端を吹き飛んでいった。

「やあオリヴィエ、こんなところで奇遇だな！　君はレベッカに何か吹き込んでいたのか？」

「ははは、ごめんね！　シスコンに気をつけてってちょっとした忠告のつもりだったんだ」

顔を上げた。振り返った兄とすんなり目が合った。思わずポロリと呟く。

「兄さま……」

「すまないレベッカ、会いに来るのが遅くなりすぎたな！」

その言葉に私がいいえと言うより早く、兄さまが矢継ぎ早に続ける。

「四月、会いに行こうと思っていた矢先、偶然見かけた君があまりにも美人になっていたものだから、驚いて声をかけるタイミングを失ったのだ！」

「……兄さま」

「だから、俺のせいだな！」

「……」

兄さまはそう言って太陽みたいに屈託なく笑う。黙って見つめた。声が低くなった。背も伸びた。肩幅だって昔よりずっと広い。変わったところを挙げたらきりがない。

十歳までの私は兄さまが大好きだった。この一年はその兄さまと今の兄さまをまるで別の人間のように思っていた。

初めて攻略本を読んだときから兄さまのことが信じられなくなった。今になって自分が何を考えていたのかやっとわかった。

私は兄さまに、『裏切られた』と、そう思ったのだ。

オズワルドもランスロットも殿下だってレベッカ（悪役令嬢）を断罪したけど、そのときはまだ知らない人だったからショックは少なかった。兄さまのことだけを避けたのは、兄さまのことが大好きだったことの裏返しだ。

兄さまの中身はこんなにも、何一つ変わっていなかったのに。

人より声が大きいところとか、勢いのいい喋（しゃべ）り方とか。いつでも堂々として格好いいのに、昔から私にだけは激甘なところとか。

そうだ、兄さまは昔から私を可愛いと言って褒め、賢いと言って褒め、良い子だと言って褒め、また可愛いと言って褒めた。

そして今また、私を甘やかそうとしている。「声をかけられなかった」なんて嘘に決まっている。兄さまは聡い。きっと早くから妹が自分を避けていることに気づいていた。気づいていて私に合わせ、無理に会わないようにしてくれていたのだろう。

目の前が急に滲んで見えた。私は兄さまになんてことをしたんだろう。

「……兄さま、ごめんなさ……」

「レベッカ、何を謝る！　君は何も悪くない！」

「でも」

「だがそうだな、俺のせいで俺たちの間には少々時間が空いてしまったな！　しかし大丈夫だ。いくらでも時間はある。いくらでもやり直せる。なぜなら俺たちは家族だからだ！　俺は妹である君を心から愛している。空いた時間はこれからゆっくり埋めていこう。君さえ、よければ。どうだろう？」

「うん、うん」

涙をこぼさないようにしながら答えたら、ぐいっと抱きかかえられて兄の前に移動していた。この体勢は、昔よくねだって乗せてもらった兄の膝の上を思い出す。未だに十歳の子供扱いなのだろうか？　少し笑ってしまう。

「そうか、よかった！　あとは俺に任せて休んでいるといい！」

「うん。兄さま、助けに来てくれて、ありがとう」

「ああ！」

『母も父も兄も、あなたを愛している』。母の言葉が頭をよぎった。本当だった。愛されていた。母さま、信じきれなくてごめんなさい。

幼い子供になったみたいな気分で目を閉じ兄にもたれかかる。こんな状況なのに安心したからって眠気に襲われるなんて、私も結構図太いのだろうか。

「そうだ、まだ聞いていないな！　君たちにこの行動を指示した人物は誰なのか！」

「いたたたたた！」

体が揺れた。私を抱えたままの兄が、敵兵の一人をひねり上げたらしい。

「言う！　言うから離してくれ痛い！」

とろんとしてきた目を薄く開いた。「高貴」と聞いたし大方スルタルクか私自身を邪魔に思った有力貴族の誰かだろうが、こんな目にあわせてくれた人間が誰かには興味がある。

しかし。

その男の言葉を聞いたとき、私の意識は一瞬で覚醒することになる。

「宰相様だ！　俺たちは全員宰相様に特命を頂いて動いたんだよ！」

………え。

ドクン。

心臓が嫌な音を立てた。急に起き上がった私を兄さまが見ていた。

私は一人で馬から飛び降り、その敵兵に詰め寄った。彼らがなぜ信じてしまったのかは知らないが、考えなくてもわかる。宰相様がそんな命令を出すわけがない。

「さ、宰相様って」

でもそれなら。

だって、『宰相』は。

「……宰相様からの特命だって、言ったのは、誰？」

『彼』の。

「え？　そりゃあ」

ドクン。


「息子の、ランスロット・チャリティだよ」


男の口がそう動いたとき、腕を持ち上げ空を指差して、「ばーん」と間の抜けた声を出した一人の敵兵がいた。

さっき思い出せなかった『聞き覚えのある声』は、そうか彼だったと、呆然と思った。

「……ランスロット？」

天を指差したままこちらを向いたその男。

顔に張り付いているみたいな笑顔はまるで爽やかじゃない。昨日までの爽やかさだけが取り柄みたいな元放蕩を、急に恋しく思った。

そしてすぐ異常に気づく。魔力が体から消失した。いや、感じ取れなくなったというのが正しいのか、魔法が使えなくなっている。若干の息苦しさのようなものも感じる。

「やあ、レベッカ嬢。今『魔力ジャック』の対象を教員との通信だけでなく今ここにいる全員にしました。魔法が使えない上、魔力の保持量が多い人間はなかなか苦しいはずです」

はっと兄さまを見ると、兄さまは胸を押さえて荒い息をついていた。オリヴィエも兄さまほどではないが苦しそうだ。キャランに至っては座り込んで肩で息をしていて、今にも倒れ込みそうになっている。

対する敵兵には平気な顔をした人間も多い。三強二人が暴れたせいで立っているのは五十人いるかいないかという人数だが、それでも形勢は逆転した。

なんなんだ。ランスロットは魔法が得意だったが、魔力ジャックだなんていくらなんでも無理ではないのか。

しかしこんなことができるとすると。

「……セクティアラ様に何かしましたか？」

「ああ……はい、姿と気配を消して近づいて気絶させただけですけど。レベッカ嬢が山に逃げ込んでいた間に大人数で急襲したんです。他の兵もまだのびているでしょうね」

「……気配を、消す？」

「僕の魔法です。結構難しいやつなんですよ」

「……クリスティーナはどこ？」

「『封印の箱』ですね。僕が持ってます。箱ももともと僕のですから」

「……オズワルド・セデンは」

「彼強かったですね。気絶させるまでにすごい時間がかかりました。今は幻獣と一緒に眠ってますがまあ無事ですよ」

「……こんなことをしている目的は？」

聞いた分だけ返ってくるのが逆に怖い。

しかしせっかくだから核心をつこうと質問したら、

「貴方が好きだからですね」

あっけらかんと返された。

「……一応聞きますが、どういうことですか？」

「はは、聞きたくなさそうだなあ。それでも喋りますけど」

それとさっきから不思議なことがある。

ランスロットあなた今、どうしてそんなに楽しそうなの？

「僕は、『春』の日出会った貴方に恋をしたんです」

ランスロットの長い一年間の物語が始まった。

初めて会ったとき、貴方は上から降ってきました。貴方は美しく、賢く、強く、何より鮮烈でした。僕にはないものを持っていました。貴方が欲しかった。既によりにもよって王子のものでしたが。だけど諦められなかった。幸い魔法は得意でした。何か良い方法はないものかと最初の頃は文献を漁ったり授業に真面目に出席したりしていました。しかし目ぼしいものは見つけられなかった。

夏になって、柄にもなく父の仕事を手伝うようになりました。機密の情報を得られると思ったからです。

そうして見つけたのが『オウカ』です。『春』と夏季休暇の間に貴方に接触した男の名前でした。その報告書を見る限り魔法の才能は相当だろうと思いました。精神体だとも書いてあったので、精神体を降ろす魔法を使いました。双方の意思がないと成功しない魔法なので全く期待していなかったんですが、彼は降りてきました。十月のある日のことです。

魔力量を増やす方法を聞いたら、理由を問われました。貴方を得るためだと包み隠さず答えたら、物に魔力自体を蓄積して後から使う方法を教えてくれました。彼の髪と目もそうだと。

「あんたも『歪み』か」と笑っていたのが印象的だったんですが、あれはどういう意味だったんでしょうね。

何にせよ、彼のおかげで僕は今回の計画を実行に移せると確信しました。お礼に『秋』のエミリアの研究について教えてあげたんです。僕は内容を知っていたから、それを使って肉体を復活させてはどうかと思って。

彼は「んー、いいや」と言っただけでしたが。彼、封印し直されたんでしょう？　この前父の仕事を手伝っていたとき知りました。あのとき復活しておけばよかったのに。

……あ、そうでした、このペンダント。レベッカ嬢、オウカさんから貴方にと預かったんでした。渡しておきますね。

それで、どこまで話したかな。そう、『冬』はことを起こすのにぴったりでした。魔法で映像を差し替えてしまえば教師もすぐには来ませんし、先であればあるほど魔力を貯める時間が増えるから。父のところから書類や判子を持ち出して宰相の特命の文書を偽造して、できるだけたくさんの生徒に渡しました。内容はレベッカ嬢を国外追放すること。僕の希望はそれだけで、他の文章の内容は実はオウカさんが考えてくれたんですよ。

……なんで国外追放なのか、って？　王子の婚約者である貴方を僕みたいなのが手に入れるには、一番都合が良かったので。殿下が貴方を愛しているのはよくわかっていましたしね。

ああ、それにしても。この計画が失敗に終わったのは、やはり三強や五高を引き込めなかったのが大きいんですかね。でも偽装だと気づきそうな人間や貴方に近しい人間は取り込めないので、しょうがなかったですね。

まあこうして作戦は失敗したわけです。魔力ジャックのせいで今は追放の魔法具が使えないですし、ジャックしなければしないで僕はそこの三強二人にやられてしまうでしょうし。

はあ……遅かれ早かれ僕のやったことがバレるのはわかっていました。貴方さえ追放できれば、あとからバレたって一向に構わなかったんです。むしろ僕も追放されて貴方のところへ行けて万々歳です。でももう貴方を追放するのは無理ですね。

そこで一つ言いたいんですが、僕は本当に、レベッカ嬢、貴方が好きで。他の男のものになるくらいなら、陳腐な表現ですが、貴方を殺して僕も死にたいとも思うんです。

そういうわけなので、ちょっと目を瞑っていてくださいね。

大丈夫です。すぐ済みますから。

少年はそう言って魔力で弓矢を形成した。そしてつがえた矢を真っ直ぐ少女に向けた。

一連の行動は唐突すぎて、少女は何を言われたのかわからず、自分に向けられたそれをただ呆然と見ていた。

その場にいる人間は魔力ジャックを受けている。魔法を使えないのみならず、防御魔法も発動しない。唯一魔法を使えるのは魔法の使用者である少年だけ。

それはつまり、魔力でできているその矢を防ぐ方法はないということを意味していた。

ほんの少しの躊躇（ためら）いののち、矢は少年の手を離れた。そして少女の胸に向かって一直線に飛んでいった。

少女は一秒後胸を串刺しにされる未来をはっきりと認識し、時が止まったかのような錯覚と共に走馬灯を見た。

大好きな人たちが少女を囲んでいた。抱きしめる母、手を引く兄、頭を撫でる父。いつも一緒にいてくれた親友二人。

そして、最愛の彼。

(殿下に会いたいなあ)

確かな想（おも）いを最後に、走馬灯は終わり。少女は矢が自分の胸に刺さる瞬間を見ないように、静かに目を閉じた。

そのまま何秒かが過ぎた。

ゆっくりと目を開けると、最愛の男が、先ほど走馬灯にまで見た彼が、少女の目の前にいた。少女を抱きしめていた。少女はそれが幸せな夢だと思った。

男の口から何かが溢れて、彼女の肩を濡らすまでは。

真っ赤なそれはとても鮮やかで、肩を焼くような熱さが少女の意識を現実に引き戻した。

男の背中に深く突き刺さった矢は、彼の心臓を貫いていた。

10

ゴーン、ゴーン、ゴーン。

ルウェイン・ファバードンは、『冬』が始まってすぐに転送魔法を使った。それは本来進まなければいけない道や障害をいとも簡単に飛び越えて、彼を岩の塔内部の旗の前へ連れて行ってくれる。

しかしルウェインの予想通り、旗の前で彼を待ち構えていた男がいた。

「やあ！」

その男、ヴァンダレイ・スルタルクは一体何がそんなに楽しいのか、輝かんばかりの笑顔でルウェインを出迎えた。

こうして『合戦』で相対するのは二度目だ。去年も二人は両者共に将軍だった。騎馬で戦場を駆けるヴァンダレイはまさに一騎当千で、今年は彼を暴れさせずに済むようルウェインはこうして室内の一対一に持ち込んだのだ。一日一回しか使えない転送魔法を開始早々に使ってまで。

「参る」

「まあ待て！」

剣を引き抜いたルウェインをヴァンダレイが止めた。

ルウェインは普段通りの無表情のまま、ぴたりと動きを止めた。

「俺も今年は、貴方（あなた）と決着をつけたいと思っていたんだ！　去年は結局お互い討ち取れずじまいだったからな！」

「ああ」

「そこでだ！　一つ提案がある！　この勝負、貴方が負けたら妹はやらない！」

突如として轟音（ごうおん）と共に床に亀裂が走った。それはピシピシとルウェインを中心に同心円状に広がっていく。室内であるにもかかわらず、強い風が逆巻いてルウェインの前髪を持ち上げた。

彼はそれまで同様無表情だが、それでいてまるで鬼神のようだった。実際、ルウェインが突然魔力を全開にしたのは、紛れもなく今彼が怒っているからだ。

「なぜ」

「そのほうが貴方が本気になるからな！　いつも行事に真面目に取り組んでいないのはわかっているぞ！　それと単純に妹を取られるのが悔しいからだ！」

「……どっちが一番の理由だ」

「ああ、後者だな！」

「……」

ルウェインは婚約者とその兄の間にある距離に気づいていた。

しかし同時に、ヴァンダレイがレベッカを大切に思っていることも知っていた。『窓』を作ってレベッカの生活を見ていたとき、ヴァンダレイは十二歳のときまでレベッカとよく一緒にいたからだ。

彼はいつでも愛（いと）おしい家族を見る優しい目をしていた。

その彼から妹を奪うのだから、そのくらいの試練は甘んじて受け入れる。もともと勝てると思ってここに来たのだから問題もない。

そうして戦いが始まった。ルウェインの火の魔法がヴァンダレイに襲いかかる。ヴァンダレイはそれを大剣を振るった風圧で消しとばし、そのまま流れるようにルウェインに肉薄する。ルウェインはそれを剣で受け、魔法を打ち、蹴りを放って畳みかける。そんなすれすれの攻防がひたすら続いた。

最初両者一歩も引かないように思われたそれは、時間が経過すると共にルウェインの優勢に傾き始める。

しかし。

「やっほーお二人さん！　私も混ぜてよ！」

何かが猛烈な勢いで近づいてきたかと思えば、強烈な風が巻き上がり、ルウェインとヴァンダレイの元にオリヴィエが現れた。

「オリヴィエ、来るだろうと思っていた！　陣は大丈夫なのか？」

ヴァンダレイが言う。オリヴィエは腰から二本の剣を抜き取ると、答えるようにヴァンダレイに向かって突っ込んだ。

「うん、レイを残してきたからね」

「そうか！　あえて言おう、俺の妹は強いぞ！」

「はは、じゃあ早く二人を倒してレイのところに戻らなきゃ！」

二人の剣が激しくぶつかり合う。

ルウェインはと言えば、片耳を塞いでクリスタルに耳を傾けていた。先ほどから戦場に散らした色んな部隊から報告が集まっている。ルウェインは自身の魔法でクリスタルの容量を拡張し、数十人から同時に報告を受け取れるようにしていた。

陣の防衛を任せたフリード・ネヘルは間を空けて現れるヴァンダレイ軍の遊撃隊を旗に寄せつけず危なげなく戦っている。

レベッカの陣にやったキャラン・ゴウデスからはセクティアラの様子が報告されている。目を閉じ黙って座っている、と。戦場に蝶を展開させているのだろう。レベッカのことだから何か考えがあるはずだ。

ヴァンダレイの主力軍との戦いの報告はガッド・メイセンという男に任せていた。頭がキレるしなかなか腕もたつようで、要領を得た戦況の分析が聞こえてくる。

数多の報告の中でも最も重要で分量が多いのはオリヴィエの陣へやったメリング・キューイからの報告だ。先ほどの一回目の報告から今まで絶え間なくずっと続いている。時折『殿下、いい加減にしてくださらない？　これじゃあ私オリヴィエの陣じゃなくてレベッカの偵察隊なんですけど』とのやきも挟まる。

ルウェインは全ての報告を同時に聞き分け理解し、今後の展開を思考することに集中していた。すぐ近くにあるヴァンダレイの旗はヴァンダレイの幻獣である馬が守っているし、そのヴァンダレイとオリヴィエは互いに戦いに熱中している。

隙があれば手を出そうと考えながら二人の戦いを眺めていた時、ルウェインは珍しく普段の仏頂面を崩して目を見開く。

それは、その直前オリヴィエがヴァンダレイと戦いながらもルウェインに向かって後ろ手に剣を投擲してきたからではない。

思わぬ報告が入ったからだ。

『――エミリアが現れた。オリヴィエの旗が取られた』

ルウェインはオリヴィエに投げられた剣を避けなかった。剣はルウェインの体に触れそうになったその瞬間、バキンと派手な音をさせ弾かれ、地面に落ちた。

「……あちゃー」

旗を取られた将軍はつまり戦闘不能。攻撃は無効化されるしすぐに気を失う。振り返ったオリヴィエは、その言葉を最後にがくりと膝をついた。

ヴァンダレイは目の前で意識を失ったオリヴィエを支えてゆっくりと横たえた。そして楽しそうに笑う。

「やはりレベッカは強い！　そして賢く優しく何より可愛い！　ますます貴方にやりたくなくなったな、俺は！」

「よし剣を構えろ、その首今すぐとってやる」

ルウェインとヴァンダレイは再び対峙した。珍しくひどく焦ったメリンダの声が聞こえてきたのはそのときだ。

「……待て。妙なことが起こっているな」

「……ああ、俺にも『目』がいるのだが、これはどういうことだろう！」

レベッカの兵士が何やら反乱を起こした。追放の魔法具があること、レベッカの幻獣が封印されたことが事態の重大さを示している。

「ヴァンダレイ、転送の魔法は使えるか」

「悔しいが無理だな！　あれは本来学生が扱えるような代物ではないぞ！」

ルウェインは考える。今偵察隊を助けに入らせるべきではないだろう。戦力が不十分だ。

オズワルドがいると聞いてとりあえずの無事を確信した。あの男がいるなら、一時的であるにせよレベッカを守りきれないということはないだろう。

ルウェインはキャラン・ゴウデスにオリヴィエの陣に向かうように伝え、キャランの元で待機しているはずのルウェインの幻獣・グルーをこちらに向かわせるよう指示した。グルーに乗っていくのが一番早いが、それでもかなり時間がかかる。

「こうなった以上『冬』は流れるな。ヴァンダレイ、俺があちらに向かう前に俺とお前の軍の戦いを止めるぞ」

「……そう思って連絡を取っていたのだがな……今聞いたところによると、俺の軍の遊撃隊が丸々一つ、隊長に据えていた男を含め行方不明だそうだ」

「……そいつの名前は」

「ああ」

ルウェインは胸騒ぎがして顔をしかめた。どうしても今ここでその名前を聞いておかなければならない気がした。

「ランスロット・チャリティだ」

その後のメリンダの報告はさらに続き、レベッカはオリヴィエの陣裏手の山に身を隠したと聞いた。メリンダに合流するよう指示する。

戦場でも両軍に『冬』の中止を伝えた。大半が訳がわからないといった顔だ。彼らは一人残らずここにとどめなければならない。混乱に乗じて敵側につく兵が出るかもしれないからだ。

するとヴァンダレイが一人の兵士を呼び出した。その女子生徒は深い緑色の髪で、ルウェインに「ジュディス・セデンです」と名乗った。

「オズワルドの妹か」

「はい。レベッカ・スルタルク様のことはわかんないですけど、兄が守るために戦ってるって聞きました。なら私も全力で協力します」

活発そうな少女。真っ直ぐな瞳がどうしようもなく兄を思わせた。オズワルドの妹なら信用できると考え、ルウェインはその場を後にした。『夏』で見事十位を獲得した少女の幻獣は大人数の見張りに向いているらしい。

（……遅い）

先程からルウェインが待ち望んでいるのは相棒たるグルーの到着だ。相手に見つからないよう巨大化しないで進んでいるとは言っても、そろそろこちらに到着していておかしくないはずの時間だが、来る気配がない。

『ああもう、やっと会えたわ、疲れた。あなたたち無事？』

クリスタルにそんな声が入ったのはそのときだ。メリンダは常に通信を切らないでいる。レベッカと合流したようだ。セクティアラの蝶がいるからなんとかなりそうだと聞いていたが、山だけあって思ったより時間がかかった。

メリンダによるこれまでの経緯の説明（と若干の愚痴）のあと、ルウェインは愛しい婚約者と話すことができた。

よくやった。ルウェインが一番伝えたかったのはそれだ。思うに、彼の婚約者は肝心なところで彼を信じようとしない。今までそれが嫌で仕方がなかった。

それが今回はどうだろう。レベッカは自分の名前が出た途端自信を取り戻したというではないか。ルウェインの重く大きい気持ちの一部がやっとレベッカに伝わった。ルウェインはそれが嬉しかった。ルウェインのそんな気持ちを知ってか知らずか、レベッカは『大好きだ』などと言う。さらに伝わることを願って「愛している」と伝えた。

しかしその直後、レベッカたちが敵に襲われた。

『レベッカ！　待ってよ！』

メリンダの言葉が聞こえ、ルウェインは何が起きたのかを理解した。

「キューイ、レベッカはどの方向へ向かった」

『……っ、はい、おそらくオリヴィエの陣に戻るつもりです！　解除魔法を使うと言っていましたから』

「わかった。ロウの結界でやり過ごせ。また指示するまでそこから出るな」

『了解しました』

会話の中でセクティアラの蝶がいなくなったのだろうとわかった。レベッカの陣の偵察隊であるキャランは引き上げるよう指示したのでルウェインには何があったかを確かめる術がない。そしてその第二偵察隊から一向に連絡が来ない。

ルウェインは考える。不測の事態があったらしい。早急に次の案が必要だ。

転送魔法は使えない。グルーは来ない。レベッカはメリンダと離れ連絡が取れない。操られているかもしれない兵士たち、気配を消す魔法、音信不通の第二偵察隊、セクティアラの戦線離脱。

――セクティアラ、か。

「ヴァンダレイ！」

「ん？」

ルウェインは遠くに見える茶髪の男を呼んだ。その男は未だ動かずここにとどまっていた。彼の愛馬でこの演習場を横断するより、巨大化したグルーに乗っていくほうが早いはずだったからだ。

「『目』がいると言っていたな。どこにいる？」

「まだオリヴィエの陣近くにいる。馬鹿どもが集まっているそうだ！」

「見つからないギリギリまで近づくよう言え」

ヴァンダレイは表情と態度こそいつもと変わらないが、おそらくかなり苛立っている。今この男をレベッカの元へ送れば、確実にしばらくの間黙々と敵を排除し続けるだろう。それでいいと思った。

「転送魔法でその『目』のところへ行けないか。普通の転送魔法ではなく、クリスタルを使うんだ」

ヴァンダレイははっと気づいたように声をあげた。

「セクティアラの『秋』か！」

「そうだ」

セクティアラの『秋』、それはクリスタルを利用した転送魔法の易化だ。発表の時点ではまだ実用化されていなかったから難易度は高いままだが、ヴァンダレイの魔力と才能なら可能性があるとルウェインは踏んだ。

「可能性があるな、セクティアラにかなり細かく理論を聞いたことがある！」

ヴァンダレイはそこで、いつもと同じ笑顔で楽しそうに笑った。

「レベッカが素晴らしい婚約者と引き合わせてくれたおかげでな」

転送魔法が使えるのは一日一度が限度。つまりチャンスは一回きりだ。もう一つまた別の案を考えておくべきだろう。ルウェインがその場を離れようとしたとき、

「……『目』から連絡だ！　レベッカがあと少しで陣に到着するのが見えると！」

「もうか。まずいな」

「やるしかあるまい！」

ヴァンダレイは馬に飛び乗り、目を閉じて集中し始めた。魔力が高まってゆるく風を作る。

しかし時間が足りない。レベッカにそこにとどまるよう言いたいが連絡は取れない。レベッカとて

敵に追いかけられている状況ではヴァンダレイが到着するのを待ってはいられないだろう。

（あともう一つ、何か）

何かないか。

そのとき。待ち望んでいたものが来た。

『こちらキャラン・ゴウデス。殿下、申し訳ございません。第二偵察隊がわたくしを残しあちら側につきました』

「お前は無事か？　グルーはどうした」

『はい、グルーは『封印の箱』で捕らえられましたが――』

「すまないが時間がない、後で聞く。今どこにいる」

『オリヴィエの陣です』

「幻獣は」

『おりますわ、『叫び』も一回までならなんとか』

「十分だ。指示を出す」

勝負を分ける最後の一手。こうも運任せなのは自分が未熟な証だとルウェインは自嘲気味に笑った。

それでもいい。己の婚約者が無事でさえあれば。

キャランに何をしてほしいか伝え、レベッカが来たとの報告を聞いた。キャランの幻獣の力で欲しかった十数秒が手に入る。その間にヴァンダレイは姿を消し、キャランの声で見事転送魔法を成功させたことを知った。

安堵に顔を上げたルウェインの目があるものを捉えた。

「……遅かったな」

遠くの空から一羽の鷲が飛んでくる。『封印の箱』で捕らえられたと聞いたが、おそらくキャランが既に逃していたのだろう。近づいてくるにつれ、部屋一個分の大きさはありそうだと気づいて、随分急いで来てくれたようだと内心苦笑した。

そのとき、別方向からけたたましい音を立てて何かが近づいてきた。

「目を覚ましたか」

「おはよ殿下！　これどういう状況？　よくわからないけど私も行っていい？」

「ああ」

オリヴィエは既に豹に跨っていた。そして猛烈な勢いで走り出す。彼女を起こすのは最終手段だった。ルウェインの『秋』の研究成果を使えば意識を取り戻させることが可能だったかもしれないが、ルウェインの魔力をどれだけ必要とするかわかったものではなかったからだ。

自力で起きてくれてよかったと思いつつ、すでに豆粒のようなオリヴィエの後を追ってグルーに乗った。

戦いが行われている場所に近づくにつれグルーの大きさを小さくし、レベッカの姿を確認できた時点で見えるところに身を潜めた。

ヴァンダレイとオリヴィエだけで戦力的には十分だ。ルウェインの考えすぎかもしれないが、念には念を入れ、何か不測の事態があった時のために敵に近づきすぎずに待機するべきだった。

そしてその『不測の事態』は起きた。

魔力ジャックはルウェインがいるところにも届き、魔力が誰よりも多い彼を体中に穴が開いたかのような痛みが襲う。

それでもルウェインは動いた。愛しい唯一無二を死なせないためなら何でもできた。

本当に、何でも。

自分の命と、引き換えでも。

11

ランスロットの殺意に反応したのは殿下だけではなかった。兄さまもオリヴィエも歯を食いしばって立ち上がった。だが間に合わなかった。殿下だけが間に合ってしまった。

兄さまは私まであと一歩だった。目の前で殿下が矢に貫かれるところを見て目を剥き、そのままランスロットに向かって体を引きずるように駆けた。ただ呆然としていたランスロットは、兄さまの拳を受け入れたように見えた。宙に弧を描いて吹き飛び、意識を失った。

振り返った兄さまが声を荒らげる。

「なぜだ！　魔力ジャックが、解除されない……！」

「っ、時限式でしょう、一定時間たたなければ、解除され、ません」

息も絶え絶えに答えたのはキャランだ。

「なんだこれは、どうなってる……！」

「嘘だろ……あれルウェイン殿下じゃないのか」

「俺たち騙されたんだ」

敵の兵士たちが騒ぎ始めた。

それらの全てを遠くで聞いていた。今私の世界にいるのは、私と、血塗れの殿下だけだった。

「……でん、か？　で、殿下？　……あ」

愛しい人の体に触れた。なぜそれだけで血がつくのだ。なぜこの人がこんなふうになっているのだ。私が触れたせいで、殿下の体はゆっくりと傾き、地面に崩れそうになる。必死で受け止めて抱きしめた。そんな私の肩に誰かの手が触れた。

「止血、を。レベッカ嬢、止血を、しなきゃ」

真っ青な顔をしたオリヴィエはいつの間にか私の隣にいて、横になった殿下の胸に布を当てる。殿下のその姿を見てボロボロと涙が出た。

「エミ、リア、エミリア……っ」

愛しい彼を助けられる唯一の人。親友の名前を呼ぶ。一秒でも惜しくて、胸のクリスタルを乱暴に取り出した。

「エミリア、エミリア、……返事してっ……」

「レベッカ様、魔力ジャック、です。クリスタル、は、使えま、せん」

じゃあどうしたら。必死で救いを求めた。どこかにないか探した。

エミリアは山の中に置いてきた。魔力がエネルギーである幻獣たちは魔力ジャックで軒並み横たわっている。転送魔法など使えない。

ああ、だめだ。全ての可能性が潰えていく。殿下が助かる可能性が。私を守ってくれたこの人が、再び私の名前を呼んで、愛していると言ってくれる可能性が。

止め処なく涙が流れた。殿下に縋りついて声にならない声で彼を呼んだ。

涙は集まり雫になる。雫が殿下の頬を濡らし、集まり、流れ落ちて地面で砕けるその瞬間、

「『忠臣』なら、あるいは」

救いの声が、降ってきた。

兄さまの落ち着いた声はなぜかよく響いた。

「聞いたことが、ある。『忠臣の儀』、あれは、お互いを深いところで繋げるものだ。ずっと前、『冬』で、クリスタルを通し、主人の呼び声に応え、姿を現した『忠臣』がいると。転送の一種とされているが、詳しいことは、わかっていない。ただ、魔力を多大に消費する。この状況でも、相手の魔力を使って、呼び出せるやも」

その声に弾かれたように顔を上げた。「でも、『忠臣』っていったって」。周りはそう口にした。レイを呼び出したって、フリードを呼び出したって、どうにもならない。でも。

「ありがとう、兄さま……っ！」

私には、それがわかれば十分だった。胸のクリスタルを握りしめて声の限りに叫ぶ。

「お願い、お願い。今すぐ来て、私の『忠臣』――」

この声を聞き届けて。殿下を助けて。

「エミリアッ！」

雷が落ちたみたいな音がした。辺りが強い光に包まれ、その中心に人が現れた。

銀色の少女は数瞬だけ驚きの表情を浮かべ、涙に濡れた自らの主人を見、血に濡れたその婚約者を見、即座に自分のやるべきことを理解した。

＊＊＊

私の部屋の戸を誰かが叩いた。十一月のある夜。

今日は『冬』の将軍が発表された日だった。選ばれたという事実に夜になっても興奮冷めやらず、眠気が来ないので母の攻略本をめくっていた。眠れない夜はこうするのが習慣だ。母の文字を眺めて夜が更ける。

そんな真夜中に訪問。私の枕ですやすや眠っていたクリスティーナが片目を開けたが、またすぐ眠りに戻った。

来るかもしれないと思ってはいた。

「今日はドアノブを壊さないのね」

「修理代がばかになりませんから」

扉を開ければ、お行儀よく待っていたのはエミリアだ。招き入れたがはっきり言った。

「私は『忠臣』は作らないわ」

「そうだろうと思っていました。それでも来ました」

エミリアは心得たように言う。

「私はレベッカ様が『忠臣』を作らないとわかっています。レベッカ様は私がそうわかっていることをわかっていらっしゃいます。そしてもう一つ」

「……」

「私が決して諦めず、結局最後はご自分が折れることになることも、本当はわかっていらっしゃるでしょう？」

長い長い沈黙の後息を吐いた。

あなたには敵（かな）わないわね。そう小さく言えば、エミリアはいたずらが成功した小さな子供のように笑う。

「あなたは三強になれるのに」

呟（つぶや）きながら、つい机の上の攻略本に目をやった。表紙の丸い文様が見えている。あれの名前はなんて言ったか。

「――――レベッカ様、なんで、その字」

「え？」

エミリアが震えた声を出したので振り返った。彼女は信じられないものを見るような顔をして立ち竦（すく）んでいる。いきなりどうしたんだろうとキョトンとした。

「……その本、なんですか？」

「ああ……ええと、そうね、母さまにいただいたものよ。母さまの故郷のことが書いてあるの」

殿下にも言っていないことだが、エミリアに嘘（うそ）はつきたくなかった。

「中を見てもいいですか……？」

「ごめんなさい。それはだめだわ」

「ちょっとだけ、でも、だめでしょうか」

「え、ええ。本当にごめんなさい」

「どうしてだめなんですか？」

「ええと、そ、その……私とエミリアは友達にはならない、とか、書いてあるの！」

ごまかすのも嫌だったが本当のことを言うわけにもいかず、訳のわからない説明になってしまった。

「何言ってんだ」と自分でも思う。エミリアはさぞ意味がわからないだろう。

「……ふふ……っ。そうですか、それはいけませんね」

しかし、エミリアがそんな私に向けたのは笑顔だった。さっきまであんなに深刻そうな顔をしていたのにと首をひねる。

「すみません、無理に見たがって」

「いいえ、それはいいけれど……エミリア、大丈夫？」

「ええ。私にはもう関係のないことです」

エミリアは笑った。とても可憐な彼女は限りなくいつも通りのエミリアだった。

「だって私、この世界も結構大好きですから」

「え？」

「いいえ、何でもないです。さあさあレベッカ様！『忠臣の儀』を！」

強引なエミリアに（物理的に）急き立てられて、エミリアと手を繋ぎ魔法を行使した。終えると確かに心の中に何か温かいものを感じる。エミリアは私の『忠臣』になったのだ。

これから忙しくなる。『忠臣』ができただけで取れる戦略の数は跳ね上がるのだ。例えば、私の『秋』である幻獣との魔力の共有。『忠臣』なら九尾ともできるかもしれない。

考えを巡らせていたのだが、エミリアが自分の部屋に戻らないと駄々をこね始めて考えるのをやめた。最終的にエミリアを部屋に泊めることになり、メリンダまで呼ぶことになった頃、確かにいつもこちらが折れていると気づいた。

『忠臣』ですからと図々しいエミリアが喜ぶ様子を眺めながら、飴を減らしてムチを増やそうと心に決めた。

＊＊＊

エミリアの手のひらから光が溢れ出す。その輝きは絶望の淵にいた私を明るく照らした。殿下の手に縋り付いたまま目の前の光景をただ見ていた。私だけでなく、その場の誰もがそうしていた。

それは、エミリアの治癒魔法の研究によって可能となった瀕死の人間の治療。

まばゆい輝きの中で壊された細胞が蘇っていく。組織が再構築され、血が通い、皮膚に覆われていく。みるみる穴が塞がり、紡ぎ直されたのは確かな生だ。

これを奇跡と呼ばずしてなんと呼ぶ。ああやはり、彼女の研究は『誰かの大切な人』を救った。

彼女こそ歴代最強の治癒魔法使い。ありったけの魔力を惜しげもなく注ぎ込んだエミリアは、急に光をしまって私に向き直った。

額の汗を拭って微笑む友人の顔を見て、全てが完了したのだとわかった。それでも確認するのが怖かった。もし彼の顔に血の気が戻っていなかったら。もしあの群青が二度と私を映さなかったら。私は、私は。

「大丈夫です」

温かな声がする。私の『忠臣』が、大好きな友人が、そう言ってくれている。

少しずつ、本当に少しずつ視線を上げた。規則正しく上下する胸。赤みが懐かしいいつも通りの顔。睫毛が震えて、その下からずっと見たかった群青が覗いたとき。

私は世界の全てに感謝した。

「あ、ああ、ああ……っ！」

ありがとう。

ありがとう。

ありがとう。

「ありが、とう……っ！」

締まる喉で必死で伝える。ありとあらゆる感情が嗚咽と涙に変わって外に出て行った。

殿下は弱々しく目を開けて、殿下の胸で泣き続ける私の頭を撫でてくれた。エミリアはそんな私をそっと抱きしめた。

二人とも、私が泣き止むまでそうしていた。

異例の『冬』の処理は難航を極めた。ランスロットの罪はスルタルク公爵家ならびに王家への反逆、王太子とその婚約者の殺人未遂、公文書偽造、王家の魔法具の持ち出し等々。騙された人と被害を受けた人の数が多すぎた。

正式な処分が決定するまでランスロットはひとまず王宮の地下牢に捕らえられ　父親のチャリティ宰相は責任を取って職を辞した。

学園の教師が異変に気づいて駆けつけたとき、殿下はぐずる私を撫でたり抱きしめたりしてあやしている真っ最中だった。つまりピンピンしていた。

しかし念を入れて絶対安静の運びとなったのも仕方ない。一時は胸に風穴が開いたのだから。

よって殿下の「必要ない」という言葉は聞き入れられず、彼がその腹いせに自分を運ぶための担架まで誰の手も借りず堂々と歩いていったのには笑ってしまった。

殿下が運ばれた後、やっとクリスティーナを箱から出せたときはもう感無量で、『冬』で手を貸してくれた全ての人に頭を下げて回った。エミリアがそんな私にくっついて回り、九尾がそれについて回ったので、軽い騒ぎになったことは言うまでもない。

生徒たちは通例通り寮に戻ったが、舞踏会は一週間後に延期された。渦中の私はといえば父さまが迎えに来てくれ、兄さまと共に王都の父の家でそれまでの時間を過ごすことになった。

父の家に到着した夜は遅くまで兄さまとお話をした。兄さまはこの一年間の私の話を全て楽しそうに聞いてくれる。

私も何か聞きたいとねだったところ、『先日セクティアラを舞踏会に誘ったら泣いてしまった』とか『殿下は初対面のとき『義兄上』と呼んできた』とか、色々なお話が聞けて楽しかった。

話し疲れると自室に戻った。

一人になったことを確認して胸元からペンダントを取り出す。ピンク色の花のモチーフのそれは、ランスロットに渡された、オウカからの品だ。

「オウカ」

「よおレベッカ」

軽く握って声をかければ真後ろから声がした。振り返るとオウカがくつろいだ様子でソファに座っている。久しぶりに見た彼は、髪の色は大分濁ってもう茶色に近いし、なんだか体が霞んでいる。

「俺はそのペンダントに込められた魔力の分の分身ね。一応意思はあるけど、もう残滓に近いわな。なんてったって本体が完全に封印されちまってる」

「オウカ、ゲームが終わったわ。もう話してくれない？」

オウカは口を閉じた。へらへら笑うのもやめた。

「この一年間、あなたは何がしたかったの」

最初はシナリオ破りの男だと。次はシナリオに戻そうとしている男だと。『秋』でわからなくなってしまって、今はそのどちらでもないのだろうと思っている。

そしてその目。どうしてわたしをそんな目で見るのだ。夏のイベントでも見た、保護者のような慈愛をたたえた赤茶の目。

「私、最後くらいちゃんとあなたの話が聞きたいわ」

目を見て真っ直ぐに言えば、オウカは観念したみたいに一度肩をすくめてから口を開いた。

「俺は、『精神体』。この意味がわかるか？」

「いいえ」

「俺は、全ての世界の俺と、意識や記憶を共有できるってことだ」

——全ての世界？

「ソニアさんは『ルート』と呼んだ」

聞こえた名前に自分の耳を疑う。

「ソニアさん——レベッカ、あんたの母親のことが、俺は好きだった」

ソニア・スルタルク。オウカが大事そうに呼んだのは私の母の名前だった。

「母さまを、知ってるの？」

「十九年前、俺は学園の第二学年で、ソニアさんは第三学年だった」

彼はゆっくりと話し出した。

「初めて会ったときは驚いた。まるで異質だった。俺は魔法の才能が人一倍だったし、登場人物の一人ってだけでなく精神がさまざまな同じ生を経験しているからわかった。『別の世界の魂が入り込んだ』ってな」

「転生……」

「ああ。面白いと思って接触した。ソニアさんはまだ完全に記憶を取り戻してなくて転生者っていう自覚もなかったが、夢で見る『変な世界』の話を俺にしてくれた。楽しそうに、懐かしそうに。俺も飽きもせずよく聞きに行った。ある日『桜』を見たっつって、勝手に俺の名前に『漢字』を当てた。『桜花（オウカ）』、ってな。どんな花か絵に描いて説明してくれたよ。楽しそうに、笑顔でさ。俺はそのとき初めてシナリオを変えようと思った。どの俺もなんの文句もなく当たり前に従ってた『シナリオ』に抗（あらが）おうと決めた。だって、レベッカの母親はレベッカが十五歳のとき死ぬと決まっている」

　オウカの口調はとても静かで穏やかだった。閉じた目を時折薄く開いては、懐かしむように笑う。

「ソニアさんは既にあんたの父親と相思相愛で、俺はソニアさんが幸せならそれでよかった。だから、いつもは時を狂わせる魔法を使って学園長に封印されていたが、代わりに死期を伸ばす方法を研究したんだ。それでも封印された。理（ことわり）を外れる、つってな。シナリオの強制力ってやつだな。それでも色々やった。結局ソニアさんは決められた日時に亡くなったが……前日まで死ぬなんて思えないくらい元気だっただろ？」

　はっとして顔を上げた私にオウカが微笑む。

「俺の魔法だ。最後まで楽でいてほしかった。他にも、あんたがまだ赤子のときソニアさんが父親を引きずって現れただろ。あれも俺の魔法。ソニアさんの腕力を三倍にしたんだ」

「え」

　今度こそ口に出す。問題の解決の仕方が物理的すぎやしないか。思わず笑いそうになった私にオウカは「笑うな」と言うが、自分が一番笑っている。

「全く、感謝してほしいね。シナリオではあのまま父親にずっと会えずじまいで、あんたは自分が父親に愛されていないと思っていたんだぞ」

「……あ、『春』で初めて会ったとき、シナリオより髪がくすんでたのは」

「ああ、そんなことばっかして魔力を使ってたからだな。他にも色々、言いきれないくらいある。変えられないことも多かったが、変えられたこともあったから。それで色んな歪みが出た」

オウカがふと真剣な表情になる。

「あんたに惚れたルウェインやランスロットはその典型だ。エミリアはちょっと異質なんで置いておくが……メリンダやヴァンダレイもそうだな。なあ、知ってるか？　シナリオでもルウェインは『窓』を作ってレベッカを覗くんだ。たった一回だけな。それで近い将来立派な悪役令嬢になるレベッカを見た。その一回で切り捨てちまった」

話の風向きが変わって、私は下を向いた。愛されている自覚がある今でも、愛してくれていない殿下の話を聞くのはつらい。

すると大きな手が伸びてきた。私の頭をゆるく撫でる。そういえば『春』でも、こんなふうに頭を撫でられた。

「ソニアさんが亡くなればこの世に未練などないと思ったが甘かった。あんたがいたよ、レベッカ。幸せにしようと思った。いや、幸せになれるようにしようと。つまり俺がしたかったのは、あんたと殿下をくっつける、ただこれだけなんだよな」

ランスロットの一件も、あんたとルウェインなら乗り越えてもっと強くなれると思ったから。

そう言った彼はどこまでも優しい顔をしていた。ずっとその目を『保護者』みたいだと思っていた。間違いじゃなかった。実際父親のつもりだったのだ。

「……オウカ、私が殿下に愛されなかった世界は、どれくらいあるの？」

小さな声で聞いた。

「勘違いするな。他の世界はパラレルワールド。同時には存在しない世界、つまりこの世界は唯一絶対の現実だ。それにな、俺からすれば、悪役令嬢のあんたも可愛いもんだったよ」

オウカは私の不安を振り払うみたいにしっかりした声で答えた。

しかし、悪役令嬢が『可愛い』？

「レベッカはただ、愛が欲しかったんだ。父は自分に会いに来ない。亡くなった母は病気であまり話した記憶はないし気難しくて近づくこともできない。兄は育てられ方のせいで自分に関心がなく、いないも同然。使用人たちは自分を公爵様に愛されていない子と陰口を叩いている。レベッカは愛に飢えた。誰でもいいから愛してほしいと思った。だから婚約者に執着したし、誰からも愛される主人公が憎かった」

そんな世界を想像する。どれほどつらいだろうと胸が軋んだ。

「でもそれで、レベッカがエミリアを殺そうとしたか？　殴ったか？　何をした？　口での脅しと、子供みたいな嫌がらせだけだろ？」

オウカは顔を歪ませ、畳みかけるように喋る。私よりも誰よりもつらそうに見えた。

どうかわかってくれ、つらかった悲しかった寂しかった、『レベッカ』というただの女の子の気持ちを。そう懇願するみたいに話す。

「レベッカは、子供だったんだ。見た目ばかり大人みたいに綺麗だったが、心は寂しい、愛が欲しいと泣き叫んでいるだけの小さな子供だった。『悪』なんかじゃなかった。ただ『幼』かっただけなんだよ」

最後の言葉が終わったとき、目的が叶ったことを察知したみたいにオウカの体が薄くなり始めた。

「あんたが今こんなにも幸せそうで、心から嬉しいよ。俺はあんたに、ソニアさんに会えてよかった」

「私が幸せなのはオウカのおかげだったんだね。今までありがとう。オウカ、きっとまた会おうね」

「ああ、きっと、またな」

言い終えると同時にオウカは消えた。これが最後のお別れだと自然と理解していた。

一年間という短い付き合いだったが、私も彼に会えてよかったと思った。

エピローグ

『冬』から一週間。延期されていた舞踏会が開かれた。会場はいつもの講堂だ。椅子が全て片づけられ、代わりに立食スペースやオーケストラが用意される。

学園の舞踏会は夜会などとは違い、腹の探り合いも狸同士の騙し合いもない気軽に参加できるものだ。楽しみにしてきたし、会場を目前にして突っ立っている今も早く会場に入りたい。

舞踏会はエスコートが必須ではない。一人で来る生徒が半数近くを占める。だが婚約者がエスコートするならきちんと二人で入場するのが普通だった。だから私は殿下と会場前で待ち合わせしていたのだが。

その殿下は会うなり私をじっと見つめたまま動かなくなってしまった。沈黙が続いて現在三分ほど経過している。……あの殿下、普通は男性の褒め言葉から会話が始まるものなんですけど。今日の私は社交辞令が言えなくなるほど変ですか？

不安になって自分の姿を確認する。ドレスの色は淡いシャーベットグリーン。実は冬季休暇中エミリアとメリンダと一緒に仕立て屋さんに行って作ったものだ。

私は色を見て子供っぽくならないか不安になったのだが、二人は「色は幼く可愛く、でも形は大人っぽいドレスにしよう」と譲らなかった。

「絶対に似合います」と拳を握りしめたのがエミリアで、「胸を強調しましょう、胸を」とデザインに口を出したのがメリンダだ。結果、本当にそういうドレスが出来上がって頭を抱えた。

スカート部分は、腰の位置でキュッと絞られ、そのまま体の曲線に沿ってゆるい流線を描くいわゆるマーメイドライン。上半身はホルターネックで、背中ががばりと大きく開いており、肩まで露出するデザインだ。胸自体は完全に隠れているのにむしろ強調されている。

仕立て屋さんはどうしてここまで色っぽく作ってしまったのか。果たして私に着こなせるのか。もう別のドレスで行こうか。

そこまで考えたがしかし、エミリアが涙を浮かべてお願いしてきて例のごとく折れた。私はやはりエミリアに甘いらしい。

ちなみにそのあとエミリアに「見る者全てを悩殺できます。学園を手中にすることができますよ」と言われたときは一度本気でドレスを引きちぎろうとした。エミリアに腕力で負けて叶わなかったが。

もう開き直ろう、振り切ってしまおう。

舞踏会当日、そう腹を括って午後から準備を開始した。髪はゆるく巻き片側に垂らした。うなじと背中を大胆にも隠さずに出すためだ。イヤリングは動きに合わせて上品に揺れる長めのもの。ネックレスはわざと飾りを後ろに回した。がばりと開いた背中に、細く繊細な鎖と宝石がシャラリとかかるようにしたかったからだ。お化粧もしっとりと濡れているかのような大人っぽさを意識してみた。

一連の準備を振り返る。そして何も言わない殿下を見る。

……うん、私は早まったのかもしれない。

「…………………」

「殿下、もう五分は経ちました……中に入りませんか……」

我ながらよくもったほうだが、ついに沈黙に耐えかねて口を開いた。

さっきから横を生徒たちが通っていっている気がする。そしてじろじろ私たちを見ていっている気がする。気のせいと言われればそれまでだが、「また殿下とレベッカ様がいちゃいちゃしてる」とこの耳で確かに聞いたような気もする。

「………………レベッカは、俺を怒らせたいのか？」

「⁉　い、いいえ！」

「そうかそうか、わかった。そういうことなら仕方がない。舞踏会はやめだ。今夜は一晩中二人きりで過ごそう、俺の部屋で」

「で、殿下、舞踏会に行きましょう！　三強と五高の発表が！」

「お前の部屋でもいい」

「殿下ー！」

私は殿下の心の琴線に触れてしまったらしい。それもよくわからない琴線を、これでもかとかき鳴らしてしまったようだ。

私と殿下による『行こう』『行かない』の応酬は続き、途中で私が言った「殿下、タキシード本当にお似合いです、か、かっこいいです。だから行きましょう」が裏目に出てさらに熾烈を極めた。

さらに四、五分経過した。殿下は本気で舞踏会に行く気をなくしたらしい。これはもうテコでも会場に入りそうにない。幻獣はお留守番なのでクリスティーナの力を借りることもできない。

……なんかもう、行かなくていいか。殿下と夜通しお喋りするのも楽しそうではある。

と、私の心が折れかけたとき。私たちの近くで一組の男女が足を止めた。それは兄さまとセクティアラ様だった。美男美女でとても絵になっている。

「やあ二人とも！　殿下は舞踏会に行かないつもりなのか！　それなら殿下が三強に選ばれた暁には俺の方から辞退の旨を伝えておこう！　なに、礼は必要ない。ちなみにスルタルク公爵家は三強にもなれない男にレベッカはやらないがな！」

まさしく鶴の一声だった。

入場すると一気に会場中の視線が集まる。慣れたものだと微笑んで応えた。

今日この場にいるのは生徒や教師だけではない。生徒の親を始め、卒業生や国の重鎮など。三強と五高は国内の有名人で、ゆくゆくは国の重要人物になる人材なのだから、政治色が強いのも納得だ。集まっていた視線が散らばり始めるとやっと肩の力を抜いた。このドレスは防御力が足りない感じがして少し不安だ。

すると殿下が私の腰に手を回し、ぐぐっと自分に近づけた。見上げても背筋を伸ばして真っ直ぐ前を見ている。堂々たる態度だ。周りの女性の視線を一身に背負っているのに、緊張の欠片もないのだからすごい。

「レベッカ、今日は少しの間も俺から離れるな」

いつもに増して無表情だが、声色だけは苦虫を噛み潰したかのようだ。

「はい」

異論はないのでそう返事をすると、前方から可憐な銀色が駆け寄ってきた。

着ているのはシャイニーピンクのふんわりしたドレスだ。エミリアのドレス選びは楽だった。何を着ても似合うのだ。しかしこの女の子らしい正統派のドレスが彼女ほど似合う人間が、この世にどれだけいるだろうか。

エミリアは一人で会場に来ていた。ガッド・メイセンを始め多くの男たちがエミリアのエスコートの座を狙っていたのだが、エミリアのお気に召す殿方はいなかったようだ。

「やりましたね、レベッカ様！　鼻血または発熱で十人少々退場しましたよ！」

エミリアがいつにも増して可憐に飛び跳ねる。彼女の言葉で殿下の先ほどの行動の理由を知った。言葉を失う。

え、いやだって、入場しただけで？

ゾッとして会場を見回すと、花が咲いたように笑っているメリンダとそのエスコートのフリードを遠くに見つけた。間髪入れず躊躇ない突撃をかます。

メリンダは満面の笑みを貼りつけたまま「まあフリード様！　あちらに何かありそうです！　あちらに、ささあちらに！」と逃走を図ったがあえなくお縄となった。

「いや『お縄となった』じゃないわよ」

「メリンダ、やっぱりそのドレスすごく似合うわ！」

「本当です！　ネヘル様もさぞ褒めてくれたでしょうね！」

「ええ、まさに褒めてくださってた最中だったのよ、というわけでレベッカ、エミリア、私たちを二人に戻してもらっていいかしら？」

「メリンダが髪を結っているところは初めて見たわ。自分でやるのも上手なのね」

「ええ、それもさっき褒めてもらえたのよ、というわけで二人に」

メリンダは髪をアップにして、小さな白いお花の髪飾りを埋め込むように散らしていた。髪色も相まって、まるで夜空に花が浮かんでいるような幻想的で可愛らしい髪型だ。ドレスは七分丈の袖とデコルテ部分が全て白いレースで、

「レベッカ？　レベッカ！　聞いてる⁉」

おっほん、白いレースで、肌が透けるようなデザインだ。胸上から切り替わって重ねレースのベージュのドレスになる。好きな男性には女の子に見られたいメリンダにぴったりな、可愛らしく清楚なドレスと言えるだろう。

「ねえレベッカ！　意図的に耳に入れないのやめてくれる⁉」

聴覚を遮断しつつ可愛い友人を眺めていると、柱時計が鳴り響いた。遠くの壇上に学園長が上ったのが見える。舞踏会が始まる時間になったのだ。

フリードと言葉を交わしていた殿下が私を手招きする。彼の隣という名の定位置に収まって、今年最後の学園長のお話に耳を傾けた。すっかり聞き慣れた声が今宵も講堂に響き渡る。

「こうしてこの日を迎えられたことを喜ばしく思う。今夜は一年の終わり。仲間と語らい、好敵手と

握手を交わし、無礼講を朝まで大いに楽しんでほしい。さて」

学園長が一度言葉を区切り、再び話し始めたとき手には白い紙があった。あそこに今年度三強と五高の名前があるのだ。

しかし私の意識は違うほうに行っていた。

シナリオでは今この、次の瞬間。「待った」の声がかかってレベッカの断罪が始まる。

ぎゅ、と目を瞑って殿下の肩に額を押し当てた。自分の目を殿下で塞いで何も見えないようにする。

一秒、二秒――――三秒。

三つまで数えたとき、背中に温かいものを感じて薄く目を開いた。

「今年度の三強と五高を発表する」

聞こえたのはなんの変哲もない学園長の言葉と、周りの人間の拍手だ。

左の方で、兄さまが笑顔で拍手を送りながら、セクティアラ様に何か耳打ちをしている。右の方では、同じように拍手しつつ妹さんと話すオズワルドが見つかる。ランスロットは地下牢の中、オウカは封印されて消えてしまった。

そして、殿下は。私の背中に手をやって私を抱き寄せている。

この気持ちはなんだろう。嬉しいような、泣き出してしまいたいような。安心したような、途方に暮れてしまったような。

周りでは、その場の紳士淑女、ありとあらゆる人間が拍手と共にステージを見つめている。私もそれに倣って壇上に視線を戻した。

『終わったのだ』と、はっきり感じる。一番心強かったのは間違いなく、背中に回った手の温かさだ。今回だけでなく、今までも。考えてみればいつだって、シナリオを壊してくれたのは殿下だ。

「ありがとう……」

本当の本当に小さい声で伝えた。たった今。たった今この瞬間を以って、私はシナリオを乗り越えたのだ。

「まず、五高」

誰もが固唾を呑んで見守る。選ばれし十六人に、今から称号の名誉が授けられる。

「男子——第一学年、ガッド・メイセン。第二学年、サジャッド・マハジャンシガ。第二学年、フリード・ネヘル。以上、他該当者なし」

会場が動揺に揺れる。おそらく空席はランスロットと第二学年のディエゴ・ニーシュがいた場所だ。『冬』で兄さまに立ちはだかっていた彼だ。サジャッド・マハジャンジガという男は、名前こそ『夏』などで聞いたことがあるが面識はない。

三強や五高に空席があることはまれにあるが、五高が三人しかいなかったことは未だかつてあったのだろうか。

「女子——第一学年、エミリア。第一学年、ジュディス・セデン。第一学年、メリンダ・キューイ。第二学年、キャラン・ゴウデス。第三学年、レイ・ロウ」

出かけた歓喜の叫び声をギリギリで飲み込み、できるだけゆっくりと後方の一人を振り返った。

エミリアとメリンダは凛とすまして背筋を伸ばしているが、私にはわかる。エミリアは今にも満面の笑みになる寸前だし、メリンダは一生懸命の内側を噛んで口角が上がらないよう耐えている。

「では、前へ」

学園長の合図で名前を呼ばれた八人が壇上へ向かう。私の親友二人は誇らしげに壇上に上がり、新生五高の一員として会場中から視線を浴びた。

「では、三強。男子――」

照明が落とされ辺りが暗くなった。

学園長の声だけが大きく聞こえ、誰もが生唾を飲み込む中、突然強いスポットライトが一人の男子生徒を照らした。

「第二学年、オズワルド・セデン」

呼ばれた瞬間、歓声があがる。彼のではなく、彼をよく知る者たちからの祝福の声だ。オズワルド本人は驚きが強いらしく、口を開けたままライトに照らされていた。

『冬』で私を逃がしたあと、幻獣共々魔力を使い切り気を失ったオズワルド。魔力が完全に枯渇すると回復するのに三日はかかる。今回殿下の次に重傷だったのは彼なのだ。それも、一度しか話したことのない私を助けるために。

オズワルドが周りの友人に肩を叩かれ背中を押されて歩み出る。壇上へと続く階段を上るその姿を目で追った。

ステージの上に立ったオズワルドは、いつもの凛々しい彼に戻っていた。この学園の誰よりも熱い心、燃えるような正義感。彼はまさしく三強に値する男だと、心から思った。

オズワルドへの拍手がやむと学園長が再び口を開く。次に呼ばれる男の名前がわからない人間は、おそらくこの場に一人としていない。

「第二学年、ルウェイン・ファバードン」

沸き上がる歓声と拍手喝采。すぐ隣にいた殿下にビカッと照明が当たり、眩(まぶ)しくて目を細める。腰に回されていた手がそっと離れていった。それに合わせて彼からしずしずと距離を取る。

「レベッカ、次に俺が触れるまで誰にも触れさせるな」

「はい、殿下」

壇上まで悠然と歩いていく彼を頭を下げたまま送ると、私と殿下の振る舞いを褒める声が周囲から聞こえてきた。

三強はこれで二人。残りの一人もわかっているも同然で、多くの人間が彼に目をやっていた。本当に、おめでとうございます、

「第三学年、ヴァンダレイ・スルタルク」

兄さま。

兄さまは一度目を閉じた。喜びを噛み締めるみたいに呼吸を整える。そしてカッと目を開き、セクティアラ様の手の甲にキスを落としてから歩き出した。

女性陣から黄色い声があがり、男性陣から嫉妬と羨望の野次がかかる。兄さまは全てを笑顔で受け止めて手を振りながら壇上に上った。

これで男子三強が出揃(そろ)った。次は女子三強の発表に移る。私の心臓は今どきんどきんと揺れている。

発表は学年順だから、呼ばれるなら、最初。

「女子――――」

たまらず目をつぶり、しかしすぐに開けた。多くの人の目に触れるかもしれないというのに、みっともない姿を晒してはいけない。

私はレベッカ・スルタルク。スルタルク公爵家の宝石、第一王子の婚約者。エミリアとメリンダの親友で、兄さまの妹。

姿勢を正し、美しく微笑む。視線の先では、殿下が満足そうに私を見ている。

私はレベッカ・スルタルク。――――あの人の、恋人。

「第一学年、レベッカ・スルタルク」

爆発のような歓声が会場を包んだ。スポットライトに肌を焼かれながら、できる限り美しく丁寧なお辞儀をして、一歩踏み出した。

壇上に上がる階段の前まで来ると、降りてきた殿下が手を差し出してくれる。その手を借りて自分の手を重ね、二人でゆっくりと階段を上る。

壇上ではエミリアが、メリンダが、兄さまが、一際大きい拍手で出迎えてくれた。

「第三学年、オリヴィエ・マーク」

続けて呼ばれた名前に、「よしっ！」と誰よりも大きい声で快哉を叫んだのは他ならぬ本人だ。熱い声援と少なくない笑い声を受けながら、オリヴィエが階段を上ってくる。

「第三学年、セクティアラ・ゾフ」

今度は私が「よし」と声に出した。セクティアラ様は男女問わず多くの声援を受けながら兄さまにエスコートされ、楚々として壇上に並んだ。

「以上、六名。今年度の三強の称号を授ける。よくやった。本当に、よく頑張った」

学園長が私たちに向き直る。そのお顔をこんなにも近くで見たのは初めてだった。笑った学園長は、教育者としての喜びと誇らしさに満ち溢れていた。

オーケストラがゆるやかにワルツを奏で始める。舞踏会の最初は五高と三強が男女でダンスするのが伝統だ。だが今年は男性が二人少ないはず。どうするんだろう。

周りに目をやって一歩踏み出した私の腕を、がしりと掴んだ人がいた。そのまま流れるように手を取られ片手を肩に乗せられ、音楽に合わせてステップが始まる。

「レベッカ、どこに行く？」

……しまった。にこりと笑った殿下を見て背中に冷や汗が伝う。

「で、殿下、男性が二人少ないはずですからどうなるんだろうと思っただけで、その」

「それなら大丈夫だ、男女の数が一致しない年は教師が入る――と言いたいが、今年は違うらしい。ほら」

「え？」

踊りながら殿下が指す方に目をやる。我慢しきれず吹き出してしまった。

エミリアとメリンダが二人で踊っているではないか。

いや正確には、嬉々として踊り続けるエミリアに、メリンダが何か言いながらやっとのことでステップを合わせている。メリンダが小さい声で叫んでいるのは、「ちょっ、嘘でしょ、フリードさまあ！」とか多分そんな感じだ。エミリア、ナイスジョブ。

他は兄さまとセクティアラ様、オズワルドとオリヴィエ、フリードとキャラン、レイとサジャッド・マハジャンジガ、ガッドとジュディスというふうにペアになっているようだ。

壇上でのワルツを皮切りに会場中がダンスを始めた。ゆったりとした時間が流れていく。何の変哲もない、平和な、舞踏会。私は一年半をこれを手に入れるために費やしたのだ。

「……やっと、終わりましたね」

「むしろ始まったばかりじゃないか？　今夜は長い」

「ふふ、そうでした。……殿下、私たくさん踊りたいです。あと美味しいものが食べたいです」

「わかった。なんでも付き合う」

「……殿下」

「なんだ」

「なぜだか泣きそうなんですが、どうすれば良いでしょうか」

「……俺が隠すから泣いていい」

「メイクが崩れてしまいます……」

「……後で直しに行けばいい」

「……でんか」
「なんだ」
「だいすきです」
「俺もだ」
「はい……」

私が涙目になっていることに気づいて、エミリアがこちらに駆け寄ってきたのが見えた。なぜかワインの瓶を人を殴るために使う直前みたいに持っている。私の涙を早とちりして殿下に使うつもりなんだろう。メリンダはその隙にこれ幸いと逃げ出し、おそらくフリードと踊りに行った。

ああ、エミリアを止めなきゃ。誤解を解いて瓶を回収したら、そのまま一緒にメリンダを捕まえに行こう。私とも踊ってもらわなきゃいけないんだから。

それが終わったら兄さまとセクティアラ様のところに行って、そのあとオズワルドやキャラン、オリヴィエとレイのところにも行って、『冬』のお礼を言おう。

十分話し終わったら殿下と美味しいもの巡りがしたい。お酒が回ったら攻略本のことを話すのもいいかもしれない。

きっと全て聞き終わってもなお、「愛している」と言ってくれるだけなのだから。

母さま、オウカ、ありがとう。

私は今、これ以上ないくらいに幸せです。

番外編

十九年前、オウカの思い出

「……ん？」

その年の『春』が終わってしばらく経った頃だったと思う。俺は「第二学年になってから『時戻し』の研究を始めて学園の授業をサボりがち」という設定なので、学園の教室棟に来るのが久しぶりだった。血みたいに赤い自分の髪を弄りながら廊下を歩いていた時、窓の外に妙な女を見つけた。

「こんちは。いきなりで悪いけど、俺らどっかで会ったか？」

女の黒髪がさらりと揺れ、琥珀の目が俺を捉える。彼女がしゃがんで花壇の花をスケッチしているところにいきなり話しかけに行ったから、俺は覆いかぶさるように彼女を見下ろしていた。

しかし彼女は、俺が無遠慮に距離を詰めたことに驚くでもなく、初対面で砕けた言葉遣いをしたことに眉を顰めるでもなく、

「あらまあ、『ナンパ』ですか？」

おっとりとそう言った。

「……『なんぱ』？」

態度に拍子抜けしつつ首を傾げる。女も俺に釣られるみたいにしてこてんと首を傾げた。

「そういう言葉なかった？」

「……俺は聞いたことねぇけど」

「ほんと？　ごめんなさい、たまにこういうことがあるの」

女は少しの間不思議そうに唇に手を当てていたが、「まいっか」と呟(つぶや)くと立ち上がった。そして俺に向かって片手を差し出した。

「ソニア・ハーレイです。多分あなたに会うのは初めてかな」

俺は軽く目を見開いた。差し出された手を見つめ、さらに彼女の顔を確認した。

見知らぬ男を不審がるどころか握手を求めた女は、まるで異質で妙な魂を持っている上、『悪役令嬢』の母親の名前を名乗った。


ソニア・ハーレイは由緒ある伯爵家の令嬢で、現在第三学年。魔力はあまり強くないが温かな人柄で周りに好かれており、存外頭も切れるらしい。去年三高として卒業したスルタルク公爵家の長男と婚約しており、関係も良好だとか。

他の『世界』とはまるで違う彼女についての情報が集まり次第、俺は再び彼女に会いに行った。大欠伸(あくび)しながら全ての授業を受け終わった放課後、人気のない植物園に探しに行けば、やはりそこにいた。つい口角を上げる。

「なあ、そんなに絵ばっかり描いて楽しいか？」

「あらこんにちは。楽しいよ。公爵様に渡すと喜んでくれるの」

彼女の頬が少しだけ赤くなる。俺は「ふうん」と呟いた。噂(うわさ)通り婚約相手とはうまくいっているらしい。

俺は彼女が座り込んでいる横に寝転んだ。植物園は一面緑が生い茂っていてふかふかだ。瑞々(みずみず)しい草の香りが鼻をくすぐる。

キャンパスに向かう彼女の真剣な横顔を眺めながら、早速本題を口にした。

「あんたさ、前世って信じるか？」

直球で尋ねたら彼女は一体どんな反応をするのか。驚くのか、慌てるのか。楽しみにしていた俺には少し意外だった。彼女は筆を止め、静かにどこかを見上げただけだった。

「わからないけど……私、よく夢を見るよ」

「夢？」

「魔法がない世界の夢。私も周りの人もみんな真っ黒の髪の毛と瞳なの。おかしいでしょ？」

「……魔法なしにどうやって生活するんだ？」

「えっとね――」

それから彼女は俺の質問攻めを嫌がることなく、その世界のことを教え続けてくれた。やはり前の人生の記憶があるようだ。全ての『世界』を知っているはずだった俺にとって、それは初めての知らない『世界』。これ以上ないくらい新鮮だ。とても面白い。俺は気づかないうちに決められた生に退屈していたらしい。彼女も彼女で、話し相手を心のどこかで欲していたのだろう。会話は途切れなかった。

彼女の話をもっと聞いていたい。たくさん知りたい。そう思うのに、話を聞くうち俺の目蓋(まぶた)は不思議と重くなっていく。絵の具の香りと彼女の声が遠くなる。まるで寝る前に聞くお伽話だ。先を知りたいしわくわくするのに、いつの間にか眠ってしまう。彼女がその夢のことを、安心する故郷を思い出すように語るせいだと思った。

その日俺は気づけば一時間ほど眠っていて、彼女は俺が起きるまで待っていた。起きた直後、状況を掴めない俺を見て、彼女はくすくす笑った。

それからというもの、俺はほとんど毎日のように彼女を探した。タイミングがよければ話しかけて、寝っ転がって彼女の話を聞いて、ゆりかごの中みたいな気分で眠った。

ある雨の日は図書室にいて、『日本語』を教えてくれた。

「オウカさん、これは『漢字』。見て、これで『夜露死苦』って読むんだよ」

ある日差しが強い日は帽子を持ってきて絵を描いていた。俺は魔法で彼女のため大きな日陰を作った。

「一番暑い時期には『花火』を見るの。夜空に花を咲かせるんだよ。あ、信じてないでしょ？」

ある風が強い日は綺麗なその髪をつまんで「切っちゃおうかな」なんて呟くものだから、俺は一晩で『半径五メートル圏内を無風にする魔法』を開発しなければならなかった。

「風が強すぎる日があってね、『台風』っていう自然現象なんだけど、そういうときは家族でお家に籠るの。懐中電灯とか準備して、小さい頃はキャンプみたいで楽しかったな」

そんな日々が続き、もうすぐ夏期休暇が始まるという頃だった。いつもの通り植物園の一角に座り込んでいた彼女は、俺が来たことに気づくと顔を上げ、筆を置いた。

「オウカさん、昨日いつもの夢を見たよ。聞いてくれる？」
俺が頷いて腰を下ろしたのを確認し、彼女はにっこりした。そしてなぜか近くからピンクの花を選んで摘み取り始めた。甘い香りが辺りを包む。

「それはね、すごく大きな木なんだけど、たくさんの小さな花をつけてるの。ちょうどこんなピンク色」

彼女はお椀型にした両手でたくさんのピンクの花をすくい、その場で立ち上がった。

「風が吹くと、それが吹雪みたいにそこら中を舞うの！　ほら、こんな風に」

そして花を天に向かって放り投げた。花は風に踊り、俺と彼女を包み込むみたいにして降った。視界をピンクがちらつく。花のシャワーを浴びて、彼女はそれはそれは幸せそうに笑った。

「『桜』っていうのよ。ね、すごく綺麗」

そのまましゃがむと、近くに落ちていた木の棒を手に取る。地面にカリカリと何かを書いていく。

「この前『漢字』を見たって言ったでしょ？　見て、『桜』の『花』って書いて、『オウカ』。ほら、あなたの名前！　……素敵じゃない？」

少しも返事をしない俺を不思議に思ったのか、今度はなんだか不安そうな顔をして俺の顔を覗き込んでくる。濡羽色の髪に花びらがいくつもついていた。俺は思わず伸ばそうとした手をこっそり握りしめた。

彼女に初めて会ってから三ヶ月が経とうとしていた。俺はその頃、彼女のことを『面白い』、『興味深い』と思う回数がめっきり減っているのを自覚していた。

代わりに、『かわいい』、『愛しい』、『守りたい』と思う回数が増えた。

「すげえ、綺麗」

顔を腕で隠してやっと声を絞り出したら、主語がなかった。彼女はそれを桜の話だと思ったようで、少しぱちくりした後、「そうでしょ」と破顔した。「今度絵も描いてあげるね」と嬉しそうにしていた。

俺はその間、自分の髪と目と同じくらい赤くなっているだろう顔を腕で隠すことしかできなかった。

全ての『世界』の中で、俺が恋をしたのはこれが初めてだった。

すぐに夏期休暇が来たが、俺のやることは決まっている。『シナリオ』ではこの約二ケ月を時戻しの魔法の研究に費やすはずだが、俺は初めてシナリオに逆らうことにした。

研究するのは死期を延ばす方法だ。シナリオで『悪役令嬢』の母親がなんの病気だったかは特に言及がなく、今彼女は健康そのものだから、病気そのものの治療より寿命を延ばすことに焦点を置いた。

そうして始めた研究は、夏期休暇を通し少しずつ形になっていった。とはいえこの世の決まりに干渉する魔法を作り出すのは骨が折れる。

シナリオで俺は『秋』で『時戻し』を面白半分に披露し、学園に封印される。今回は『秋』で全く別の当たり障りのない魔法を発表し、この研究はずっと続けていけばいい。『悪役令嬢』が十五歳になるまでの約二十年間、丸々かけてでも絶対に完成させると決めていた。

そうして夏期休暇が明け、『秋』が来て、俺は予定通り『半径五メートル圏内を無風にする魔法』を発表してやり過ごした。封印されずに第二学年の『秋』以降を経験するのは初めてだった。

この間彼女の元には一度も向かっていない。シナリオでは俺はいないはずだから、不必要に関わって歪(ゆが)みが生じていくのを避けるべきだった。俺はますます研究に没頭した。

机に突っ伏した状態で目を覚まし、口に適当に食べられるものを放り込んだら書類をひっくり返して理論を詰めていく。動物や植物で実際に試しては理論を修正して、また試す。電池が切れたらその場でぶっ倒れるように眠る。

そんな日々を送っていたある日、俺の部屋のドアがいきなり吹っ飛んだ。

爆発音に驚いてそちらを振り返ると同時、飛んできた魔法を間一髪で躱(かわ)した。相手が誰かもわからず、そこそこ本気の魔法を繰り出して反撃する。相手はそれを軽くいなしたが、俺はやっと相手の顔を確認できた。

「じじい」

そこには学園長、つまり現代最強の魔法の使い手が立っていた。そしてこれはあまり知られていないことだが、彼は俺の曽祖父だ。

「オウカ、その研究を続けてはならん」

逆光で表情がわからなかった。だが声には感情がなかった。疑いようもなく彼は本気だった。いつだってひ孫を慈しんでいた老人の姿は今やどこにもない。

手のひらの汗ごと拳を握り込む。呼吸が自然と早くなって肩で息をしだす。

――まずい。人生で初めての、『焦り』と『恐怖』が俺を支配する。だって、この流れは知っている。

『オウカ、その研究を続けてはならん』

全ての『世界』の俺が言われてきた言葉だ。

封印される。死期を延ばすことも世界の理（ことわり）を乱すこととみなされたのか。情報がどう漏れたのかは知らないが、この男ならいくらでもやりようはある。

強く唇を噛（か）んだ。曽祖父も鬼じゃない。ここで潔く研究をやめれば封印はされない。シナリオでの俺はここでいつも、面白半分に曽祖父に挑んで負けていた。

つまり。研究を続けても封印、戦っても封印。物語は、変わらないのだ。

俺は一度息を吐き切った。だが目を瞑（つぶ）れば浮かぶのは、『桜』みたいなあの笑顔だ。

「――俺はあれを守るためなら、大抵のことはやってみせるよ」

口の中だけで呟いて、体中に魔力を行き渡らせる。曽祖父が最後通告を行う。

「抵抗するなら手段は選ばん」

それも散々言われてきたセリフだ。

だが俺の次の行動は、どんな『世界』とも違う。

「――――転送」

視界がぐにゃりと折れ曲がる。足元に現れた二つの魔法陣が部屋の中をぎらぎらと照らす。諦めても戦っても封印されるなら、逃げ一択。俺ができる最大の抵抗だ。同時に出した二つの転送魔法が、俺と曽祖父を全く別の場所へ飛ばす。俺はほとんど全ての魔力と引き換えにその場を脱出した。

ゆっくりと目を開ける。ずっと窓も開けず部屋にいたからわからなかったが、今は真夜中らしい。

俺は暗い部屋の中にいた。とても静かだが、外の虫の音と、小さな寝息だけが聞こえる。魔法で自分の姿を見えなくし、音を立てずにベッドに近づいた。

彼女は自分の部屋に侵入者がいるとも知らず、小さく丸まって寝息を立てていた。

どうしてここに来てしまったのか。部屋を見渡す。女性らしい装飾だ。いくつも彼女の絵が飾ってあり、俺が知っているものもあった。

曽祖父が俺を探しているのを気配で感じた。長居はできない。俺は曽祖父から逃げきれない。つまり物語は変わらない。

今から約二十年後、彼女は死んでしまう。そうわかってるから来てしまった。

そのとき彼女の目が薄く開いた。姿を消しているから問題はないが、一応息を殺してじっとする。

——しかし。

「オウカさん、いるんでしょ」

時が止まったかと思った。彼女ははっきりと、俺の名前を呼んでいた。

一言も発していないのに、彼女は俺が心底驚いていることがわかるみたいに笑みを漏らした。ベッドの上で上体を起こし、近くの明かりをつける。

「勝手に入ってきちゃダメだよ。久しぶりだね、どうかしたの？」

観念して魔法を解く。かっこ悪いところは見せたくないのだが、俺は悲しみや驚きを通り越し、もはや笑えてきていた。

「なんでわかったんだよ」

「なんとなくかなあ」

現れた俺が笑顔を浮かべていたからか、彼女も笑った。彼女は魔力が強い方ではないから、本当に気配をただの勘で当てたんだろう。

「勝手に入って悪い。謝る。ちょっと聞きたいことがあった」

彼女が起きてしまったせいで、一つの選択肢が生まれた。

「公爵様と、幸せになれそうか」

彼女はそれを聞いたとき、「え」、と声を漏らした。

彼女は婚約相手と結ばれるならそれでいいと、そう思っていたはずだった。しかし、初めて会ったときも今までも、あまり令嬢らしさがない彼女の姿を思い出す。彼女は至って普通の女の子なのだ。きっとそういう世界から来た。

「公爵夫人ってのはすげえ大変だよ。しがらみがたくさんあるだろうし、絵を描く暇もあんまりないかもしれねえ。生まれた子供は絶対に権力闘争に巻き込まれる。女だったら王妃候補になるし、その子が失脚したら巻き添えだ。そんな人生で幸せになれるか？」

言いながら、ずっと彼女の表情を観察した。もしも少しでも不安そうな顔を見せたら。もし心から笑顔にならないようだったら。俺が攫ってしまえばいい。そうしたらもしかしたらシナリオから逃げられるかもしれない。『悪役令嬢』を生まずに済めば、もしかしたら。

このただの、優しくて温かい心を持っているだけの普通の女の子は、生きていられるかもしれない。

少し間を置いて、彼女が口を開いた。

「……確かに、大変なことがたくさん起こるだろうな」

その表情は、暗い。俺は咄嗟に魔法の発動の準備をした。彼女を攫おうとした。一緒に逃げようとした。

しかし、彼女は次の瞬間、いつもみたいに笑ってみせた。

「でも、私も生まれてくる子も、大変なことがたくさんある分、きっと幸せにもなれるよ」

俺の大好きな笑顔。俺が何に代えても守りたいその笑顔は、公爵と結婚し家族を持つ未来を想像することで生まれた。俺にとって大事なのはその事実だ。

「わかった。ソニアさん、ちょっとの間さよならだ」

「え」

「公爵様と幸せにな」

俺は振り返らず部屋の扉へ向かった。部屋を出る直前、「またね」という一言が俺を追いかけてきた気がした。

しかし一歩部屋を出た瞬間、周りの景色は一変し、すぐ前に立っていたのは曽祖父だった。勝手に場所を移された。わかっていたが、もう逃げられない。

「心残りは」

短く問われた。俺は俺らしく、へらへら笑って言ってやった。

「『愛してる』って言えなかったことかね」

曽祖父は一瞬ひどく顔を歪ませ、それでも容赦なく封印魔法を発動した。

眩しい光が俺の網膜を焼く。その瞬間、俺は髪と目に貯めていた魔力を全て使って一つの魔法を使った。

俺はシナリオを変えられなかった。しかし彼女はその未来でもきっと幸せになれると言った。なら俺にできることは、彼女のその幸せを最大にすること。

魔法が確かに発動した感覚を最後に、俺は意識を手放した。

ゆっくりと目を開ける。派手に水晶に閉じ込められた『俺』を第三者の視点から見ていた。

――精神体だ。わかると同時、彼女を探した。最後の魔法は成功だった。シナリオではあと二十年しないと封印は緩まないはずだが、俺は最後の力を使って自分の精神を外に逃した。

だが意識を保っていられる時間はあまり長くないようだ。封印は強力で、最初のうち俺は一日の多くを寝て過ごし、魔力を少しずつ回復させなければならなかった。

完全に回復した頃レベッカが生まれた。俺は毎日ソニアさんに治癒魔法をかけるようになった。知らないうちに病気の芽が出ていても心配ないようにだ。暗殺者が紛れ込めば勝手に始末したし、夫を娘の元へ連れて行こうとソニアさんが困っていれば腕力を強くしたし、ヴァンダレイやレベッカが危ないことをしようとすれば魔法でやめさせた。

ソニアさんは毎日笑っていた。俺の守りたかった笑顔はいつでもそこにあった。俺はただそれだけでよかった。その時間がずっと続いてほしかった。でもやっぱりシナリオは彼女を許さなかった。

レベッカが八歳のとき、ソニアさんは病気に倒れた。

延命の研究は続けていた。その全てに、意味がなかった。彼女は着実に、決められた命日に向かって歩んでいった。

彼女にもそれがわかったのだろうか。少しずつ手帳に何かを記し始めた。それはこれから先学園で起こることで、レベッカの道標となるものだった。彼女は自分が転生者であることを自覚していたらしい。

寿命が終わる前日、ソニアさんはレベッカにこれから起こることを話した。レベッカは全てを受け止めて、母親の手を握ったままそばで眠ってしまった。

その頭を撫でようとした俺の手は、彼女に触れられずにすり抜けた。自分の手をまじまじと見る。触れられないとわかっていたのに試してしまったのはなぜだろう。

ソニアさんが口を開いたのはそのときだ。

「オウカさん、いるんでしょ」

俺は自分の耳を疑った。今の俺は精神体で、気配も何もないのだから、わかるはずがなかった。

「勝手に入っちゃダメって言ったでしょ」

しかし彼女は悪戯（いたずら）っぽく笑って、さも当然のように言葉を続ける。そういえば前にもこんなことがあったと思い出す。

「……………ソニアさん、いつから気づいてたんだ？」

「あら、本当にいた」

魔法で姿を見せたら意外そうな顔をされた。鎌をかけたらしい。そうだ、彼女は昔から妙に勘がいいときがある。

「たった今、急にわかったの。死期が近いせいかな」

そう事もなげに呟く。俺は口を閉じた。急激に胸が締めつけられるようだった。

彼女は穏やかな表情で、レベッカの頭を優しく撫でる。

「こんなにいい子に育ったよ」

「ああ」

「きっと幸せになれるね」

「ああ」

「ねえオウカさん、今までたくさん助けてくれてありがとう」

「俺もすぐそっちに行くよ。また『桜の吹雪』を見せてくれ」

「それはだめ。ねえ、封印されたって聞いたけど、あなたならそんなのきっとすぐに解けるんでしょ？　お願い、好きな場所に行って、したいことをして、自由に生きて」

「俺は今までもしたいことしかしてこなかったよ」

彼女は少しだけ眉を寄せて笑った。そして部屋の中に一枚だけ置かれている絵を指差した。

「オウカさん、あの絵、持っていって。あれだけは公爵様に見せずに、ずっと持ってたの」

そう呟くと、目を閉じてすうすうと寝息を立ててしまった。俺はそちらを見やった。

――『桜』だ。一本の大木が、キャンパスいっぱいに花を散らせている。

俺はいつまでもその絵を見ていた。二十年前がありありと思い出され、若葉と絵の具の匂いがするようだった。

そのまま朝が来て、ベッドに横たわる彼女が息をしていないことを確認したとき、俺は初めてこの言葉を伝えようと思った。

「愛してるよ」

呟いた言葉が彼女に届くことはない。広い部屋に虚しく響くことすらない。それでよかった。俺は彼女が埋葬されるまでずっとそばにいた。一緒にいられなくなると精神体としての自分を終わらせることにした。

だがその前にふと思い立って、家の壁を次々抜けて部屋を見て回った。自分が何を探しているのかは、見つけた瞬間にわかった。

葬式で一滴の涙も見せなかったあの子が部屋に一人で立っていた。一人きりで涙を拭き、前を向いて立ち上がったところだった。その目に宿った生きる力に俺はあてられた。

ソニアさんの忘れ形見、この子はどうなるのだろうか。この子を待ち受ける運命はソニアさんのそれより過酷だ。シナリオに勝ってくれるだろうか。運命を変えられるだろうか。

――どうか幸せになってくれ。そう願ったとき、初めて涙が出た。どうか勝って、幸せになってくれ。ソニアさんのように。

そのためなら俺は、また何だってしよう。

エミリアという少女

フアバードン王国王都のはずれに、少し有名な一家が暮らしている。家族構成は父と母、長女次女長男三女四女次男三男。有名な理由は大家族というだけでない。『長女』が去年、平民ながら稀有な治癒魔法や才能を認められ、かの王立貴族学園に入学したのである。

その家の『長女』、つまり私・エミリアは、現在弟妹たちと共にレベッカ様を囲んで夕食を食べていた。

出来たての料理が所狭しと並び、お腹をすかせる良い香りが充満する食卓で、私はピンと手を挙げた。

「レベッカ様ぁ！　美味しいですか！　それは私が作りました！」

「それは僕が作りました！」

「私はそっちをお手伝いしました！」

「わたしはおさらをだしました！」

「ぼくはすぷーんを！」

「ばぶばばばば！」

私を筆頭に下の子たちが勢いよく続いていく。みんなレベッカ様に自分の手柄を主張しようと必死である。モスグリーンのワンピースがよく似合うレベッカ様が天女様のようにお綺麗だからか、かなり興奮しているようだ。レベッカ様の繊細な美貌は無骨な木製の我が家でかなり浮いていて、私は少し面白かった。

そのレベッカ様はといえば、その光景に若干顔を引きつらせながらも、料理を美しい所作で口に運んだ。そして顔を綻ばせた。

「ええ、美味しいわ。さすがね」

「本当ですか！　よかったです……！」

私は嬉しくなってしまって、もっともっとと料理を勧めた。レベッカ様は全ての料理に感想をくださった。夕食にお招きして本当によかった。

今は第一学年と第二学年の間の春季休暇だ。両親が仕事で遠出する日があって一人で下の子たちの面倒を見るのだとレベッカ様に話したら、できることがあればとうちに来てくださった。今日はうちに泊まって、明日お帰りになる。

メリンダさんも誘ったのだが、

「ごめんなさいね、先約があるの。ねえ、何の予定か聞きなさいよ。ねえ」

と断られてしまった。フリード・ネヘル様とお出かけだろうと表情からわかったので聞かなかった。

夕食が終わると順番にお風呂だ。レベッカ様には先に入っていただいて、私がまだ一人で入れない子たちを洗っては次々上がらせる。すると待ち構えていたレベッカ様が素早く体を拭いて服を着せてくださる。抜群のコンビネーションだ。

最後の子を出したあと、私も自分の体を洗う。髪を拭きながら自分の部屋に向かった。

ドアを開けようとして立ち止まった。レベッカ様が一人でいらっしゃると思っていたそこから、話し声が聞こえたのだ。

中を覗く。ピンクを基調にした私の部屋。ドアの隙間から見えた人影は、長いストレートの銀髪だった。私のすぐ下の妹であるユーリだ。

彼女はこの家唯一の常識人である。さっきの食卓でのやり取りの間も一人だけ加わらずに苦笑いをしていて、今まで食器洗いをしてくれていたはずだ。

私はドアノブにかけようとしていた手を引っ込めた。二人が話すなら、内容は十中八九私だ。悪いと思いつつ少し気になってしまってその場で聞き耳を立てた。

聞こえたのは妹の控えめな声だ。

「姉は、以前はもう少し、落ち着いた人でした」

私はぱちくり瞬きをした。妹の真意を掴み取れない。それはレベッカ様も同じだったようだ。少し間があってから声がする。

「……それはもしかして、エミリアは私のせいで『あんな感じ』になってしまったということ……？」

私は吹き出しそうになって口を押さえた。『あんな感じ』とはつまり『野菜を握り潰して他の人を威嚇する感じ』なんだろう。

「あっ違うんです！　そうではなくて、なんというか」

妹の慌てたような声がして、そのあと聞こえた言葉に、息を呑んだ。

「昔の姉は、『生きてない』みたいでした。優しくて美人で自慢のお姉ちゃんだったけど、いつでもどこかに消えてしまいそうでした」

レベッカ様の訝しむような声が聞こえた。私は思わず小さい頃に思いを馳せた。

物心がついたとき、『それ』は既にあった。

『違う、これじゃない、何か変だ、こんなことをしていてはいけない』。ひどく漠然とした焦り。違和感の奔流。ずっとうまく言葉にできなかった。だがある日しっくりくる言葉を見つけた。

『私のいるべき場所はここじゃない』

じゃあどこなのだと聞かれれば、やはりよくわからなかったが。私は時に苛立ちさえ覚えながら成長していった。常にその感情につき纏われていたせいで無表情とよく言われた。あまり笑わない子供だった。

それがはっきりした形を持ったのは十二歳のときだった。指からやたらキラキラした光が出てきて、父親の切り傷が治ったその瞬間、拭いきれない違和感が私を襲った。

そうだ。私はエミリアなんかじゃない。

女の子だ。日本の。女子高生だった。治癒魔法なんて使えない。体が弱かった。あまり何もできずに病院のベッドで死んだ。あのとき、父と母は泣いていた。私の本当の両親はあの二人だ。

その瞬間から、私は惰性で息をするようになった。人に言われるままに、海に漂う藻のように、死なないならしょうがないと呼吸した。私の前世は確かに短かかったけど、私は幸せだった。誰がエクストラステージを用意しろなんて頼んだ？

魔法のある世界に生まれ変わったはずの私は、『生』を地球に置いてきてしまったようだった。

そして周りに言われるがまま、王立貴族学園に入学した。

そこで出会ったのだ。彼女に。

「もし、そちらのお方。今は行事の最中です。おやめになってください」

あの『春』の日、彼女は現れた。その場の全員がその存在に目を奪われていたが、私以外の三人は、彼女が玉のように美しいから見惚(みと)れていたのだろう。

彼女の周りに見える『何か』を凝視していたのは私だけだった。

――――この人、生きてる。

浮かんだのはおかしいくらい当たり前の事実だ。そりゃそうだ、みんな生きているに決まっている。

でも彼女は特別だった。目に意志があった。全身を細かい光の粒が覆っていた。これは『生命力』だと、誰に言われずともわかったのは私が治癒魔法を使うからなんだろう。

全身が震えた。この人の隣で生きてみたい。彼女は今、自分の運命をねじ曲げている途中だ。自分の生を全力で生きている最中だ。この人の人生の行き先を知りたい。深く関わりたい。

そうしたら、私ももう一度生きられるかもしれない。

そう思ったときようやく気づいた。私も生きたかったのだ。ただ、一度目の死と両親との別れを受け入れるのにひどく時間がかかったのだ。

彼女の傷を治すため指先から光を出した時、心からの笑みが思わず溢(こぼ)れた。その光は彼女の周りを取り巻くそれとよく似ていると、やっと気づいたからだった。

「感謝します、レベッカ様。私はエミリア。平民ですので、ただのエミリアです」

私はそのとき、自分の名前と魔法を初めて好きだと思えたのだ。

部屋のドアを見つめるのをやめて再び中を覗く。私の気持ちにユーリが感づいていたとは知らなかった。家族には長い間悪いことをしてしまった。

私は静かに数歩下がると、わざと音を立てて部屋に入った。

「レベッカ様！　ユーリ！　今日はみんなで一つの部屋に寝ましょうよ！」

「ええ!?　お姉ちゃん、レベッカ様にそんなこと」

「あら、楽しそうだわ」

妹が目を見開く。「次期王妃様なのに」と慌てる彼女の頭をわしゃわしゃ撫で、「『修学旅行』みたいだなぁ」と呟いたら、レベッカ様は不思議そうな顔でこちらを見た。私はそんな彼女に心から笑いかけた。

嫁姑戦争

ついにこの日が来てしまった。私はさっきから何度も小さなため息をついていた。朝早く起きて、念入りに体を綺麗にして美しいドレスに身を包んで、馬車に揺られること二十分。

今日は王様と王妃様に初めてお会いする日である。

二週間前の出来事に想いを馳せた。私は舞踏会が終わってから王都の父の家に滞在していて、その日は殿下が来てくれる予定だった。

会うのは一週間ぶりで、侍女によって女の子らしいベージュのワンピースが選ばれ、私は朝からそわそわして殿下の到着を待っていた。約束の時間に馬車の音が聞こえると背筋を正した。

一列にびしっと並んだ使用人を従え、玄関で頭を下げて彼を出迎えた。

「殿下、ようこそおいでくださいまし……わっ！」

「久しぶりだな、レベッカ」

言い終える前に体が浮いた。殿下が挨拶を最後まで聞かずに私を抱き上げたのである。思わずしがみつくと、頬に唇が寄せられた。

「で、殿下！」

頬を押さえ叫んだ。

後ろに控えた使用人たちの目が気になった。それにせっかく今兄さまが挨拶しようと近づいてきていたのに、「でん……失礼！」と苦笑して引っ込んでしまったではないか。

殿下が慌てる私を楽しそうに眺めるので、少し睨む。

「最後に会ってからまだ一週間ですよ……」

「もう一週間だ」

当然のように言う殿下にやっとのことで下ろしてもらって、応接間に案内した。

向かい合うようにソファに座る。美形は紅茶を飲むだけで様になるなと感心した。

「それで本日はどのようなご用件で？」

「ああ、これを届けにきた」

殿下は上着のポケットから何やら紙を取り出した。受け取ってみると、それは招待状だった。

「王宮でガーデンパーティがある。主催は王妃だ」

しれっと付け加えられた、聞き捨てならない言葉。私はそろそろと顔を上げた。

「王妃様って、つまり……」

殿下がこくりと頷く。

「俺の母だな」

私は生唾を飲み込んだ。ついに来た、『ご両親に挨拶イベント』――なんて、そんな『イベント』ないけど。

うまくやらねば。何せ、『嫁姑問題』が勃発するか否かがかかっているのだ。

私は紅茶を一口含んでから尋ねた。

「王妃様と王様はどんな方ですか？」

「父は厳しいが王としては有能だ。母は……」

殿下は少しの間言葉を探し、結局オブラートに包まず言った。

「変わってるな」

「え……」

どんな方なのだろう。想像していると、殿下が身を乗り出すようにしてこちらに顔を近づけた。

「レベッカ、母は『遊び』が好きだ。たまにパーティーを開くと、出席者全員参加で何かゲームをする。それが能力を見る意味合いもあるから評判が悪いんだが……レベッカなら、大丈夫だ」

なんと、王妃様にそんな趣味が。

かなり不安になったが、殿下の手が伸びてきて髪を撫でてくれた。嬉しくて気持ちが和らぐ。

すると殿下は上着から何かを取り出した。

「お守りだ。俺の勘が当たっていれば役に立つ。持っていてくれ」

それはシンプルな鍵だった。首にかけられるように紐がついている。私は不思議になりながらも、受け取って首にかけた。

「ありがとうございます」

お礼を言ったとき、殿下は急に私の横に座り直し、私の頬に唇を寄せた。

ちょうどその瞬間ノックが聞こえ、

「でん……失礼！」

入ってきた兄さまがさっきと全く同じ言葉を残し出て行ってしまった。満足そうな顔の殿下。足音で兄さまが来るとわかったらしい。

軽く頬をつねっておいた。


馬車が減速し、目的地が近いことを知らせる。王宮の前には既に馬車がたくさん到着していた。スルタルク公爵家の馬車は中でも一際立派で人目を引くせいか、混んでいるのにすんなり入ることができた。

案内されたのは温かい日の光が降りそそぐ立派な庭だ。中心は広く、社交やダンスができるように空いている。離れたところに軽食や飲み物がのったテーブルがある。さらに周りには季節に関係なく色とりどりの花が上品に咲き乱れていた。控えめな花の香りが鼻腔を満たし、私は感嘆の吐息を漏らした。

中には既にある程度人がいるが、開催の予定時刻まで少しある。殿下や王様、王妃様はまだいらっしゃっていない。

私は知った顔を見つけて、周りに挨拶をしながらそっと近づいた。

「メリンダさん」

「まあレベッカさん、ご機嫌よう。お元気でしたか？」

「ええ、メリンダさんもお元気そうで何よりだわ」

私の親友、メリンダである。社交場の真ん中なのでお互い微笑みを貼り付けて挨拶をする。中心から離れて少し端のほうに移動すると、メリンダは佇まいや表情はよそ行きのまま器用に口調だけを崩した。

「ああ、今日の『競技』は何なのかしら。もう、気が休まらないわ」

「『競技』？　ああ、遊びのこと？」

メリンダが目を丸くした。今度は彼女が私に聞き返す番だった。

「『遊び』？　そんな気楽な——そっか忘れてた、あなたずっと領地に引きこもってたからこれが初めてなのね!?」

勢いに押されつつ私が頷くと、メリンダがさらに私に詰め寄る。

「レベッカ、いいこと？　あなたが思っているよりその『遊び』は全力よ。国の重鎮たちに見られてるからテストだと思いなさい。パーティーの中盤か後半、王妃様が合図をしたら——」

瞬間、パンッと鋭く乾いた音が空気を揺らした。その場の全員が一斉に音の出所を振り返る。

強い拍手で瞬きの間に全員の視線を集めたのは、嫋やかな金髪の美しい女性——王妃様だ。

「皆さんご機嫌よう。来てくださってありがとう。楽しんでいってくださいましね」

そう言って優雅な物腰で私たちに一礼した。

彼女の両隣には同じく金髪の体格のいい男性——王様と、そしてルウェイン殿下。彼は挨拶をする王妃様の横で、百名はいるだろう出席者をぐるりと見渡し、いとも簡単に私を見つけた。

殿下がそのまま氷が溶けたかのような優しい笑みを浮かべたせいで、私のすぐ後ろにいた令嬢が何人か被弾した。背後から呻き声が聞こえて大変気が散る。

だがそのとき。令嬢らしく微笑みを貼り付けていた私は、確かに王妃様と目が合った。淡く澄んだブルーの瞳がじっと私を見つめ、次の瞬間、彼女は豹変した。

「では早速『遊び』をしましょうか。今日はね、隠れんぼなんてどうかしら！」

聞こえた言葉にぎょっとする。王妃は突然まるで小さな子供のように目を輝かせていた。

「隠れるのは女性、探すのが男性です。十秒後に始めましょう」

出席者に動揺が走る。

「場所は宮殿内。男性は女性を見つけることができたら、その方をファーストダンスに誘う権利を与えましょう。女性は最後まで見つからず隠れきることができたら、誰でもお好きな男性と踊れることとします」

そのとき、私やメリンダ含め大半の女性が既にドレスを翻し駆け始めていた。説明されたルールに驚いて王妃様のほうを振り仰ぐ。

「そうです、『誰でも』。たとえ王子でも」

力強く言い切った王妃様は、真っ直ぐに私のことを見ていた。

――――試されている。

私は悟った。『嫁姑問題』、いや、『嫁姑戦争』がここに勃発した。

「魔法や幻獣は使用禁止。制限時間は一時間にしましょうか」

王宮の建物の中に滑り込む寸前、殿下に目をやった。彼は元いた場所を動かない。いや動いてはいけないんだろう。心配そうな視線だけをこちらに送っていた。

王族は参加できないのなら、私は一時間隠れ抜くしかない。

「女性が余っては大変ですから、騎士を参加させましょう。お前たち、一人残らず見つけるつもりでね」

「はっ！」

いい返事をしたのは王妃付きの騎士たちだ。少なく見積もっても三十人はいる。さらに難易度が上がった。

「それでは、始め」

開始が宣言されたとき、女性たちは全員庭を出て宮殿の中を走り抜けていた。さすがは王立貴族学園出身者たち。淑女としては首を捻らざるを得ないが。

「レベッカ、固まるのはまずいわね」

「ええ、メリンダ、また後で」

メリンダの想い人であるフリード・ネヘルは出席者側ではないだろうから、メリンダもまた逃げ切りを狙っている。いつになく真剣な彼女と別れた。

私は一階の広間を避けて階段を駆け上がった。二階に着くと、右と左のどちらに向かうか一瞬迷う。王宮に来るのは初めてなのだ。なのに駆け回る羽目になるとは思わなかった。

私は窓の少ない左を選び、体勢を低くして移動しながら、とにかく階段を探した。

だがすぐに、「きゃっ」という可愛らしい声をどこかから聞いた。